城平京

Invented inference
Sleeping Murder

by Kyo Shirodaira

虛構推理

睡眠・謀殺

Sleeping Murder

目錄

登場人物&事件介紹

岩永琴子——如西洋人偶般美麗的女性。然而因為外觀較實際年幼，看起來像個中學生。十一歲時遭遇神隱，被妖怪們奪走右眼與左腳變成單眼單足，因而成為了幫忙妖魔鬼怪們仲裁與解決爭執、接受商量的「智慧之神」，以及聯繫人類與妖魔的巫女。十五歲時遇到九郎而一見鍾情，強硬與他結下了情人關係。

櫻川九郎——與琴子就讀於同一所大學的研究生。因為祖母讓他吃下了能夠以性命為代價預言未來的妖怪「件」以及相傳吃了可以不死的「人魚」的肉，使得他擁有了決定未來的能力以及不死的身體。在妖魔鬼怪們眼中，九郎才是超越了怪異的怪異存在，因此對他相當害怕。雖然對待女友琴子的態度看似冷淡，不過或許他內心也是有在關心琴子的。

櫻川六花——九郎的堂姊，與其擁有相同能力的女性。為了某個目的與九郎和琴子站在敵對立場。

【鋼人七瀨】事件——寫真偶像手持鋼骨徘徊於街上的都市傳說。琴子與九郎藉由比尋求真相更艱難的「構築虛構推理」試圖將都市傳說還原為虛構故事。

第一章　岩永琴子曾經是高中生

岩永琴子在高中一年級的時候，由於社長天知學的謀略而加入了推理研究社。如果要讓參與過整件事情的小林小鳥做個總結，就是這樣一句話。

換言之，這可說是社長天知贏過了岩永，而且岩永也承認了自己的敗北。然而事情實際上並沒有那麼單純。

私立瑛瑛高中是縣內最為出名的升學高中，即使把範圍擴大到整個日本東側，在學力與學生素質上也可以說是名列前五的學校。

每次舉行全國規模的模擬考時，排行榜前二十名之中都會有幾名該校的學生。無論動態或靜態社團也都有好幾個全國知名的社團。可見該校的評價絕非浪得虛名。學生之中有許多富裕家庭出身的小孩，在品行方面也相當出名。

然而這並不代表該校的授課或指導內容非常艱深，或是校規嚴格而繁雜到讓學生感到拘束。雖然由於是升學高中，授課內容自然不算輕鬆，但作業量或上課時數相較於其他升學高中並沒有特別多。校規內容也在常識範圍之內，幾乎都將學生的自主性擺在第一。充實的校內設備也有相當程度開放給學生們自由利用，而且並沒有因此發生過什麼重大的問題。這樣的校內氣氛同樣是讓該校受到學生喜歡的理由。

反過來也可以說正因為那樣高的人氣與競爭率，所以讓學校收到了許多即使在那樣的環境中也懂得自我紀律且會積極創造成果的學生們吧。

話雖如此，不管再怎麼出色的學校也終究是學校，學生也終究是學生。就算是一群優秀的學生之中依然會有成績高低之分，還是會有人因為名次太低而感到沮喪，也必然會有學生因為成了吊車尾而哭泣。社團活動中也終究會有主力選手與候補選手之分，也同樣會有苦惱於無法順利交到朋友或是每天過得不充實的學生。

「這是危機狀況。」

私立瑛瑛高中推理研究社的社長天知學在放學後的社團教室中面對著一臺筆記型電腦，坐在椅子上用嚴肅的語氣對小林小鳥如此說道。

「什麼？」

身為一年級社員的小林小鳥因此從正在閱讀的文庫書本抬起視線，疑惑看向隔著桌子斜前方的天知社長。

這間面積大約是普通教室一半左右的社團教室中擺有幾個書架、置物櫃、一張桌子與六張椅子，可說是沒什麼特別個性的空間。若硬要舉出比較像推理研究社的地方，大概就是有一尊不知從何處拿來、高約二十公分的埃德加·愛倫·坡的胸像，以及擺滿書架上的舊推理小說吧。

天知或許是看出小鳥的表情中帶有困惑，而對自己的發言進行補充：

「小林，別發出那種遲鈍的答腔。明明現在已經六月了，我們一年級的新社員卻只有妳一個。雖然名冊上還有兩名三年級的社員，但都只是掛名而沒有實際參加活動，二年級也只有身為社長的我一個人。現在這個瑛瑛高中推理研究社的社員可以說就只有我們兩個而已。」

小鳥一時之間不知該如何回應才好。畢竟她本身在入社的時候就已經知道這裡的社員很少，而且這也是她選擇加入這個社團的理由之一。

「可是學長上個月不是還很從容不迫的嗎？說什麼『著急也不是辦法』。結果現在只是進入了梅雨季就忽然把這件事當成問題，也未免……」

「因為到上個月都還有可能出現新社員的感覺啊，但現在卻是如何？要是社員人數不滿五人的狀況持續下去，這間社團教室遭到沒收導致我們廢社的可能性就會越來越高啦。」

小鳥把打開的文庫書本拿起來遮著自己的嘴巴，對於那樣的學校方針表示同意：

「雖然社員人數太少的社團遭到那樣的待遇也怨不得人就是了。」

「我知道。畢竟有很多新創立的社團想要自己的社團教室，但能用的教室數量有限。」

天知似乎也認同校方那種做法的正當性，可是對於現狀感到不滿的樣子。

「話說回來，為什麼想要入社的新社員會這麼少？雖然比起全盛時期，推理作品的人氣是降溫了沒錯，但無論什麼時代都應該會有人希望能與同好進行討論才對啊。」

「哎呀，最近在網路上就可以討論了嘛。」

小鳥提出了這樣有道理的原因，然而天知卻用鼻子「哼」了一聲。

「再加上比起從前，推理作品實在擴散得太過度了。解謎小說、懸疑小說、驚悚小說、冷硬派小說、舒逸推理小說，這些雖然都稱為推理作品，但內容卻大相逕庭。各自類別的愛好者之間不一定都談得來啊。」

「就好像即使同樣是球類運動，喜歡棒球的人不一定也喜歡板球。」

「而且最近作品的出版數量也很多。就算想讀讀看自己喜歡的作家或類型以外的作品，也很難有那種時間。」

「畢竟在這間學校如果不好好用功就會跟不上進度呀。」

小鳥將書籤夾到書頁間並闔起書本。因為天知似乎是真心在擔憂現況，所以小鳥判斷自己還是確切把問題點提出來比較好。

「哎呀，不過……如果社長給人的感覺可以再……怎麼說？『友善』一點？的話，我覺得收到新社員的可能性也會再提高喔？」

「我一向都很友善的。」

「你不論眼神或舉止都感覺毫無破綻，而且老是板著一張臉不是嗎？再加上個頭高大，給人的壓迫感很大喔？」

「所以每次有人想來入社的時候，我都會像這樣坐在椅子上迎接啊。」

天知挺直著背脊，交抱雙臂翹著腿坐在椅子上。但小鳥覺得這樣還是不行。

「那樣的坐姿看起來又像是冷冷地在評估對方的價值。要是議論起來絕對會把對方嚇哭的。」

雖然小鳥對於那樣的天知已經習慣了，但肯定有不少人會對於是否要加入一個有這種社長的社團感到猶豫吧。天知的家庭相當重視武道，而他本身也從小就在學習柔道與劍道等等武藝，據說都有獲得段位。因此他不希望到學校來還要動身子，才會加入自己從以前就喜歡的推理作品相關社團。那樣的他會讓人有壓迫感或許也是當然的。

就算社團教室中還有個身材嬌小、怎麼看都是文科少女的小鳥，別人大概也會以為她是被這社長抓來而不得不入社的犧牲者吧。雖然這講法其實也沒什麼錯就是了。

天知大概也有幾分自覺，因此對於小鳥的說法沒有正面反駁，而是端正坐姿，露出更加沒有破綻的眼神。

「但我也不能讓這個傳承了二十年以上的社團結束在我這一代。」

「可是都到了這個時期，有意參加社團的學生應該都已經找到自己的社團啦。我們學校又沒有強制規定學生一定要加入社團。」

「所以說為了讓社團存續下去就必須下狠招。」

天知如此說著，豎起一根手指。

「我想要把一年級的岩永琴子拉進我們社團。」

小鳥完全無法理解天知的想法而頓時愣了一下後，反問對方：

「讓那個岩永同學加入這個社團?」

岩永琴子,在某種意義上來說是今年度的一年級之中最出名的女學生。即使在這間有許多知名企業或家族的後繼子女就讀的學校中,她也是個受到特別眼光看待的少女。

聽完天知的計謀後到了隔天,小鳥抱著沉重的心情走在放學後的走廊上。這天從下午開始下起雨,溼氣和雨聲又讓她的心情更加沉重。

居然想要把那個岩永琴子拉進推理研究社,不管怎麼想都太勉強了。小鳥即使和岩永是同班,到現在也從沒有好好講過一次話。

小鳥姑且試著在腦中整理了一下她所知道關於岩永的情報。

從入學典禮開始,岩永琴子在外表上就已經是大家注目的焦點了。

首先,她那嬌小而惹人憐愛的模樣甚至讓人難以置信同樣是高中一年級生。長度可以遮住後頸的秀髮看起來非常柔軟,眼睛又大又清澄,肌膚白皙,手腳纖細而比例均衡,無論手指或腳尖都小而可愛。那宛如高級西洋人偶的容貌不只吸引男生們,也受到女生們的注目。默默坐在椅子上的模樣就算被誤以為是人偶也不奇怪,而且還散發出某種彷彿輕輕碰一下就會壞掉似的空靈感。

另外,岩永不知道為什麼帶著一把沒什麼裝飾的紅色拐杖,明明走路時看起來沒什麼問題卻偶爾會把那根拐杖拄在地面上,老師們也沒有多說什麼。大家雖然都看得出其中應該有什麼內情，但卻不敢當面詢問本人。在各方面來說，岩永琴子都充滿了神祕感。

與那樣的岩永分到同一班的小鳥在她自我介紹時才知道，她的左腳是義肢，因此學校許可她攜帶拐杖。另外她的右眼也是義眼，雖然像是上體育課之類的時候會需要一些特別關照，不過日常生活上並沒有什麼問題。至於變成這樣的原因，她只說明是自己小學的時候遇上了一些事情，而在場也沒有人對她深入追問。畢竟那肯定是很複雜的理由，誰都不敢冒然深究。

不過這裡是一所不乏豪門子女的學校，而「岩永」的姓氏雖不到家喻戶曉的程度但也是有相當程度的名門，因此有幾名學生當場就察覺「原來那就是傳聞中岩永家的千金啊！」並且讓情報在轉眼間便擴散了。

根據那些情報，岩永似乎在十一歲的時候不知被什麼人擄走，雖然兩週後被發現，但當時她的右眼遭到挖除，左腳膝蓋以下也被切斷。而那起事件至今依然是懸案。另外雖然不知有幾分真實性，不過還有許多關於她的異常傳聞。

而小鳥昨天在社團教室就對天知重新說明了這些事情。

「關於岩永同學的事情應該不只從我口中而已，學長也有從其他地方聽過各種傳聞吧？她長得非常可愛又漂亮，個性感覺也很開朗，但就是有某種難以親近的感覺。雖然我是很想跟她聊一次看看啦。」

「大家到現在還是覺得很難找她講話，所以她總是自己一個人對吧？」

天知表現得一副「那又如何」的態度，似乎一點也不理解小鳥的心情。

於是小鳥試著告訴天知這兩個月來岩永在班上的感覺。

班上同學們其實並沒有忽視岩永的存在，大家還是會早上向她問好或是進行必要的互動，而岩永也都會親切回應，但就是不會進一步發展到親近的日常對話。

「畢竟過去的遭遇不知道讓她留下了什麼樣的心靈創傷，要是冒然與她接觸搞不好會犯下難以挽回的失敗呀。即便是出自名門的同學也感覺不太敢刺激她，就連老師們也是一樣喔？」

「什麼心靈創傷，我覺得是想太多啦。」

那是因為天知沒有在近處觀察過岩永才講得出這樣不負責任的話。只要看到岩永那纖細到讓人驚訝的脖子或手指，肯定直覺上就能知道她有什麼隱情。

「不只這樣，還有謠言說她擁有不可思議的力量喔？在這間學校據說也有人目擊過她在四處無人的中庭或教室裡不知對著什麼東西在講話的樣子。」

「哦哦，就是那個她搞不好可以看得到幽靈之類的傳聞吧？她在中學時期好像也有過類似的謠言。另外還有像是她靠那樣的力量提出的建議使她家庭的事業變得順利，或是關係親近的企業也在她的指點之下預防了問題發生等等的傳聞。」

「是呀。另外聽說上個月有一次岩永同學走在操場邊的時候，足球社的人不小心失誤踢歪的球差點直接擊中岩永同學，可是那顆球卻在她面前忽然往下掉落，滾到一旁去了。簡直就像是被什麼看不見的東西拍落的一樣。」

根據當時剛好在近處的學生以及足球社社員們的證詞表示，那顆球是以相當快的速度飛向岩永，大家都忍不住大叫「危險」，而且每個人都覺得她肯定難以避免被球擊中而捏了一把冷汗。

然而天知卻認為世上不可能有什麼看不見的守護者，否定了那樣的證詞。

「那肯定是眼睛的錯覺，或是她用拐杖巧妙把球彈開結果旁人看起來就像那樣而已。由於她的建議或指點而解決了問題的傳聞，想必也是偶然的狀況被加油添醋出來的創作故事罷了。」

「盡是一些沒有意思的解讀呢。」

「這叫合理性的解釋。在推理作品中這可是第一原則啊。」

或許這是天知身為推研社社長的矜持所提出的主張，但小鳥倒是覺得說岩永受到什麼超自然的存在保護還比較解釋得通。

「可是最近接受幽靈或超自然現象設定的推理小說也很多不是嗎？」

「那些都是邪門歪道。我才不認同那是推理小說。」

天知否定了小鳥的反駁後，言歸正傳。

「總之，我要讓岩永琴子加入我們社團。這是讓推研社存續下去的最佳辦法。小林，既然妳跟她同班，把她帶到這間社團教室應該不難吧？」

「我才不要呢。岩永同學肯定也會很困擾呀。」

結果天知不慌不忙地端正坐姿，有如在卡牌遊戲中翻開強力手牌似地說道：
「如果妳拒絕，我就每天劇透一本妳沒讀過的推理小說。」
「咦？」
在推理小說界，劇透可是禁忌。
然而天知卻絲毫沒有猶豫。
「露絲．倫德爾所寫的『石頭的審判』中，犯人是尤尼斯．巴奇曼，動機是因為她不會讀書寫字。」
「太、太過分了！那本書明明書名聽起來很帥氣，感覺也很有意思的說。」
小鳥雖然不曉得那位作家也不知道那部作品，但聽起來就充滿讓人想讀讀看的要素，而且動機也是感覺在劇中會造成大翻盤的特殊內容。這些絕對不是可以輕易透露的東西。
然而天知卻一點都不覺得自己做錯事情似地對小鳥下令：
「如果妳不想再被劇透，明天放學後就把岩永琴子帶到這間教室來。大家都由於她是個有什麼隱情的名門千金而對她敬而遠之，但搞不好她其實正因為這樣苦惱於交不到朋友喔？」
如此這般，來到了今天。小鳥走在流著雨滴的窗戶成為背景的走廊上，四處張望尋找著岩永的身影並忍不住小聲呢喃：

「就算要帶岩永同學到社團教室，我也不知道她人在哪裡呀。今天最後一堂課結束後她好像就馬上離開教室了，但是有把書包帶走嗎？」

小鳥姑且有按照天知的指示想要向岩永攀談，但是卻怎麼也找不到岩永本人。即使是在同一班，兩人因為座位距離很遠而難有接觸的契機。岩永不知不覺間就會從教室消失，等到回來的時候休息時間又已經結束，讓小鳥遲遲抓不到上前搭話的時機。

午休時間岩永也總是不在教室，似乎是到什麼地方自己一個人吃飯的樣子。也許是因為她個人有什麼堅持，或是對於不屬於班上任何小團體而在教室中自己一個人用餐的行為感到抗拒的關係吧。雖然學校中也有一間學生們評價不錯，菜單內容也很豐富的學生餐廳，但岩永感覺應該也沒有到那裡用餐的樣子。畢竟光是她現身在學生餐廳，應該就會有所傳聞才對。

既然如此，難道她都是躲在洗手間吃午餐的嗎？小鳥腦中不禁浮現出那位嬌小的少女把拐杖靠在廁所門上，抱著便當吃飯的景象，頓時湧起感傷的心情。但願事實並非如此。

「如果她已經離開學校，書包應該就不會在教室吧。」

時間已經快要來到下午四點。小鳥決定去教室看看，如果沒看到岩永的書包，今天就放棄找她，去推研社吧。只要讓天知知道小鳥有努力尋找到這個時間，他應該也不會太狠心才對。

就這樣，小鳥回到了自己教室，卻發現尋找中的岩永琴子就在教室裡。她坐在位於窗邊的自己座位，將紅色的拐杖立在桌子旁，身體靠在牆壁上閉著眼睛，彷彿是聽著雨聲在睡覺的樣子。

教室裡沒有其他人，電燈也沒點亮。由於是下雨天，從屋外透進來的光線也很弱。在那樣昏暗的空間裡，岩永緊閉著眼皮坐在椅子上，有如不會呼吸的人偶。

小鳥因為那樣的情景而愣了好一段時間才回過神來，接著躡手躡腳地悄悄接近岩永。到了岩永旁邊總算聽到她呼吸的聲音，看來她果然只是在睡覺而已。小鳥不禁鬆了一口氣。

真是個惹人憐愛的女孩。小鳥第一次從這麼近的距離觀察岩永。無論肌膚的質感還是睫毛的形狀都太過完美，比遠看時更像個人偶。若只有觸碰過她的左腳發現那是人造物，或許會連帶地以為她其他部分也都是人造的。

如果把這景象拍下來，搞不好可以賣錢呢。

這樣俗氣的念頭頓時閃過小鳥的腦中。但就算不拿去賣，這景象也有拍下來保存的價值。於是小鳥拿出手機，將鏡頭朝向岩永。

然而岩永就像是發現小鳥這個動作般忽然把靠在牆上的身體撐起來，「嗯～」地伸了個懶腰。這突如其來的狀況讓小鳥差點把手機都掉到地上了。

岩永一邊伸著懶腰，一邊不以為意地對小鳥說道：

「我勸妳最好別隨便拍我的照片。搞不好會拍到什麼奇怪的東西喔。」

「奇、奇怪的東西，是指像幽靈之類的嗎？」

因為關於岩永的種種傳言，讓小鳥以為如果拍岩永的照片可能會拍到幽靈而有點害怕的如此詢問後，岩永稍微歪了一下頭。

「嗯～真要說起來應該是類似『枕返(makuragaeshi)』吧。」

「為什麼要在這時候講到小腿抽筋的事情？」

「那是komuragaeri。不過現代的女高中生不曉得妖怪的名字也很正常吧。」

岩永一副要對方別在意似地揮了揮手。

妳不也是現代的女高中生嗎？小鳥雖然差點如此回嘴，但至少對方似乎對於自己想拍她照片的事情並沒有生氣的樣子，讓小鳥不禁感到安心了。

話雖如此，要是自己就這樣開溜應該也會給對方留下不好的印象，首先是不是應該要道歉才對？小鳥一時之間疑惑著自己接下來應該採取什麼行動。

結果岩永就像是要幫小鳥解決尷尬的氣氛般，坐在椅子上語氣溫和地問道：

「話說回來，妳是小林小鳥同學吧？請問妳找我有事情嗎？」

她居然連根本沒講過什麼話的同班同學的名字都記得呀。小鳥不禁稍微感動了一下，並且為了不要錯過這個機會而趕緊說出自己原本的目的：

「呃、那個、我、我加入了一個叫推理研究社的社團，可是那裡現在實質上只有兩名社員，很傷腦筋呢。如果岩永同學不介意，要不要也加入看看？啊，妳知道推理小說嗎？也被稱為懸疑小說或是偵探小說。」

「那我知道。不過，推研社嗎……」

小鳥本來擔心岩永搞不好連推理小說是什麼都不曉得，但看來對方至少還知道這種程度的世俗知識。

岩永抓起靠在桌邊的拐杖，將前端抵在地板上，露出思索的表情。

「妳如果要找人，應該有其他跟妳更親近、可能性更高的對象吧？而且就算我加入了，也只是杯水車薪不是嗎？」

小鳥被岩永用意外地看起來聰明伶俐的眼神如此詢問，忍不住把臉轉向一邊含糊說道：

「我也是有那樣想過啦，但社長就是要我帶妳去我們社團教室一趟。」

如此說的同時，小鳥回想起昨天社長告訴她想要讓岩永琴子加入社團的真正用意。

『據說岩永琴子的父母跟這間學校的理事長很熟，而且在社交界也頗有影響力。然後她本人是個經歷過許多事情的女兒，中學時代上下學都是家裡的人開車接送的樣子。從她過去的經歷來想，她父母會感到擔心也是當然的。而且其他出身自名門的人對她也是很客氣不是嗎？校方對於來自那樣的家庭，本身又有所內情的學生，即使沒有人特別拜託或指示也多多少少會覺得要比其他學生們顧慮更多吧？如果她本身是個引人注意的學生，又牽扯到內心創傷之類的事情，就更不用說了。』

天知當時始終面不改色，語氣冷靜。

『既然如此，校方在維護她本人以及周圍學生們自主性的同時，肯定也必須盡可能讓她別在學校扯上什麼問題。實際上老師們對待她的時候就很小心翼翼，應該盡量不想刺激到她才對。』

關於這點，小鳥也有同感。要是有權有勢的家庭出身的學生遇上什麼問題，校方想必會很傷腦筋。而且岩永又是那麼引人注意的存在。

『就算沒辦法很明顯地偏袒優待，至少校方應該不會把她加入的社團立刻廢除吧？畢竟她本人或是家長會有什麼反應很難講，沒有必要特地打草驚蛇，至少會覺得讓社團存續到她畢業為止也沒關係吧。雖然社團經費可能會被剝奪，但只要能守住社團教室，對我來說就已經足夠了。』

只要沒有特別鬧出什麼問題，書面資料上就算包括幽靈社員也至少有達到最低人數的話，校方對於默認社團存續的心理抵抗就會比較少，其他社團也應該比較不會抗議吧。

『再加上傳聞中的千金加入社團，應該也能期待吸引到其他的新進社員。畢竟應該也會有學生雖然覺得她不易親近，但還是想跟她交談看看或是想靠近觀察她看看才對。讓她加入對於推研社來說是相當有利的事情啊。』

小鳥雖然認同這個手法以問題對策來講的有效性與速效性，但不知道為什麼在健全性或倫理性方面卻讓她感到有些難以釋懷。

面對眼前這位叫岩永的可愛同班同學，小鳥不禁感到煩惱。不管再怎麼說，總不可能把這些理由全部都說明給岩永聽，但基於良心問題又應該告訴對方到什麼程度？

就在這時，岩永感到愉快似地開口說道：

「利用我的立場避免讓社團遭到廢除，而且順利的話或許還能提升社團的名聲，進而吸引其他的學生加入。那位社長的目的大概就是這樣吧，點子還算不錯。」

「咦！妳這麼快就看出了社長的目的嗎！」

對方敏銳的直覺讓小鳥頓時感到驚訝。若不是對世間有所理解而且又能客觀分析自己的事情，應該很難察覺這種事情才對。但看來岩永具備這些能力的樣子。

「這也不算什麼啦。」

岩永露出彷彿在體恤對方的微笑如此回應。

這下小鳥只能跪地道歉了。

「呃～對不起。雖然我也覺得這樣的企圖不太好，可是社長說如果我不把岩永同學帶去社團，他就要劇透我還沒讀過的推理小說。昨天就因為這樣，他把一本感覺應該很有趣的小說《石頭的審判》中的犯人和動機都洩漏給我知道了。」

對於小鳥這句話，岩永露出感到奇怪的表情。

「是說犯人是尤尼斯・巴奇曼，然後動機是因為她不會讀書寫字嗎？」

「咦？妳知道？啊，岩永同學也有在看推理小說嗎？」

「畢竟那作品很出名，而且我想說推理小說或許可以派上用場，所以多少有讀過一些。」

「哦～真讓人意外呢～」

小鳥本來以為岩永是個更加脫離世俗的千金小姐，擔心自己無論在興趣上或話題上都很難跟對方契合。但真的交談起來才發現其實沒那種問題，而且岩永似乎也有顧慮到讓對方比較好接話的樣子。

岩永對於那樣的小鳥忽然露出苦笑。

「而且妳社長告訴妳的內容並不算劇透喔。因為那本書在大綱簡介的部分就有寫到犯人跟動機，而且在內文的第一行就把這些事情寫出來了。那部作品的主旨是要讓讀者去看事情為什麼會變成那樣的結果呀。」

「呃、原來是那樣呀！」

「我想那位社長大概也想遵守『不應該隨便透露劇情』的規矩吧。雖然也有可能只是在戲弄妳就是了。」

小鳥一時之間不知該如何回應才好。自己被天知戲弄或許是沒辦法的事情，但總覺得眼前這位岩永似乎也把自己當小孩子對待。

然而雙方等級有差也是事實，讓小鳥只能垂下肩膀了。

「岩永同學好像很了解推理小說，那麼加入我們社團應該也不壞吧？」

岩永讀過的作品肯定比小鳥還要多，而且從剛才的互動也可以知道她腦袋應該轉得很快。小鳥甚至覺得推理小說中的名偵探或許就是像她這樣的人物。

岩永又一副像在觀察對方似地看向小鳥。

「小林同學為什麼會加入那個社團？我想妳對推理小說應該不熟悉，還是個初學者吧？」

「嗯，我是很初學的初學者。」

「可是妳卻加入了成員只有一名社長的推研社，而且那社長聽起來個性上還有點問題。然後妳不但沒有退社，甚至還願意乖乖幫他跑腿，這實在很不自然呢。難道妳是被他抓到了什麼把柄，強迫妳入社的嗎？」

對方又再次有條有理地戳到核心了。小鳥對於這點也是把臉別開，含糊其辭：

「哎呀，說是被抓到把柄也可以啦。」

要把這件事情講出來，小鳥還是感到有些抗拒。

岩永微微瞇起眼睛後，吐出一口氣。

「真是個讓人有興趣的社長呢。而且要是我不理會邀請，小林同學應該會傷腦筋吧。」

她說著，拿起自己的書包，用枴杖支撐著體重站起身子。

「我就接受你們的招待吧。可以請妳帶我到你們的社團教室嗎？」

窗外的雨聲依然沒有停息。岩永琴子也不等待小鳥回應，就邁步走向教室的門口了。

「我承認我邀請妳的動機不純。但如果妳願意入社，每個禮拜只要找個兩天來社團教室露臉就好。我不會要求妳留下手機號碼或電郵信箱，也不會強迫妳讀推理小說或是幫忙製作社團刊物。若妳想要在社團教室打盹，我們也會講話小聲一點。」

岩永被招待到社團教室後，天知便親自拉椅子邀請她坐下，自己接著坐到隔著桌子的對面座位，光明正大地提出了自己的期望。小鳥則是站在天知旁邊，為了盡量不要讓岩永害怕而試著克制他。然而對於天知毫不隱瞞自己別有企圖的態度，小鳥與其說是傻眼更不禁感到佩服了。

面對嘴角稍稍露出微笑的岩永，天知又繼續說道：

「只要妳成為社員，這間教室就可以任妳自由使用。妳可以來這裡吃午餐，或是把這裡當成放學後打發時間、自習甚至寄放東西的場所。對於沒有朋友、難以融入班級的妳來說，在學校內有個可以不必在意別人目光的避難場所應該也是件好事吧。」

「社、社長，你也不用講得那麼直接呀！」

小鳥對於天知這段搞不好會傷害到岩永自尊心的發言，不禁感到著急而把手放到他肩膀上，然而岩永卻嘻嘻笑著制止了小鳥：

「我本來就沒有打算在學校跟誰建立私人性的來往，也不會在意別人的目光。所以並不需要什麼避難場所。」

「朋、朋友很重要喔？」

感覺那樣好像也不是好事的小鳥對於岩永的見解如此提出疑問，但岩永卻聳了一下肩膀。

「畢竟要是關係太過親近，恐怕會不小心接觸到我不太好向人說明的部分。若沒有好好劃清界線，反而會給對方添麻煩呀。」

看來岩永是有她自己的理由，所以決定在學校不要跟任何人親近。雖然那理由讓人聽不太懂，不過配合關於她的傳言思考起來，小鳥覺得或許不要問得太深入會比較好。

天知也點點頭回應：

「關於妳的隱情，我們不會深究。我只是要利用妳的存在自然造成而難以避免的效果而已。」

天知終究主張是把雙方的利益擺在第一，對岩永提出一種交易。這代表他認為眼前這位容貌上甚至形容為「幼小」也不為過的少女實際上是個懂得這類利弊盤算的對象。而小鳥如今同樣已經察覺出岩永一反她的外觀印象，內在其實並不是個不諳世事的深閨千金。她即使與充滿壓迫感的天知面對面，也絲毫不為所動。

「主張自己終究只是想利用我的講法，聽起來真是乾脆直爽呢。比起隱瞞內心企圖想要用笑臉接近我的人，你這樣的態度還比較讓我有好感。」

「多謝誇獎。」

面對點頭回應的天知，岩永依然保持微笑，但唯獨眼神變得冰冷了。

「然而這樣還不足以構成讓我加入這個社團的理由。」

真沒想到她如此可愛的容貌居然能夠露出這樣銳利的眼神。小鳥不禁感到有點驚訝，但天知卻彷彿早已預料到這種事情，落落大方地回應：

「說得對。不過我勸妳最好對於自己的立場要稍微再有點自覺。除了我們這裡以外也有很多社員人數不足的社團，或是雖然人數足夠但希望讓校方增加社費的社團。這些社團今後也有可能注意到妳的利用價值，而一個接一個地跑來邀妳入社。即使是對妳有所顧忌的人，當遇上逼不得已的狀況時也會變得膽子比較大啊。」

雖然並不是讓岩永琴子入社就能解決一切問題，但至少在交涉增加社費或是讓社團維持現狀上應該可以成為有利的籌碼。只要除了天知以外有其他社團注意到岩永那樣的價值，就有可能會前來邀約。

天知有如要將岩永包圍起來似地繼續說道：

「或許妳只要每次拒絕對方就好，但如果同樣的狀況持續太久、次數太多，妳應該也會相當辛苦。搞不好有些社團光是被妳拒絕個一、兩次還不會輕易放棄，而且不小心踏入妳不願被人觸及的那個部分的危險性也會隨之增加。當然，妳如果向學校或家長哭訴說自己受到那樣的干擾，應該就能解決問題了。」

天知說到這邊便有點挑釁對方，甚至可以說有點嘲弄對方似地挺出上半身。

「但妳會願意那麼做嗎？」

如果岩永是一如外觀印象的千金小姐或許就會立刻向大人們哭訴，但她臉上卻露出苦笑。

「我不會。畢竟我父母有點對我過度操心的部分，所以要是我為了那點程度的事情就拜託他們，搞不好他們又會在各方面增加對我的干涉了。明明我好不容易才得到他們容許獨自行動的說。」

如果小孩曾經失蹤了兩個禮拜，找到人的時候又失去了右眼跟左腳，大部分的父母應該不管小孩長到幾歲都會一直擔心吧。而且那還只是短短五年前發生的事情。看在小鳥眼中，現在就能夠若無其事地獨自外出行動，甚至在昏暗的教室中打瞌睡的岩永才不太正常。

天知接著再度提議：

「既然如此，妳現在就加入推研社應該也有助於維護妳平穩的日常生活吧。我們肯定不會像其他社團那樣干涉妳的」

「或許沒錯。但是說到底，我覺得其他社團會像你一樣注意到我的利用價值並做出行動的可能性應該很低。畢竟這方法真要講起來，是屬於奇策的類型。」

岩永雖然態度溫和，但回應卻很冷淡。接著便一副談話已經結束似地抓起拐杖。

「對我來說，那是沒有必要的擔心。所以依然不構成讓我加入推研社的理由。」

正如她所說，就算是經營上再怎麼困難的社團，小鳥也覺得會想到像天知這種策略的人應該還是很少數才對。

即便如此，天知還是彷彿確定岩永遲早會改變心意似地回應：

「妳現在那樣想沒關係。但這世上總會發生讓人預料不到的事情。推研社隨時都歡迎妳的加入。」

小鳥望著岩永離開社團教室時關上的門好一段時間後，「呼」地吐了一口氣。

「明明外表長得那麼可愛，心靈卻堅強得驚人呢。」

而天知雖然表情沒有變化，但態度上似乎相當滿足地表示同意：

「岩永家的千金並不只是外表可愛而已。這是在某部分人之間相當有名的評價。也有人說因為如此，越是有名望的家族出身的人就越不會冒然跟她扯上關係。」

雖然有讓人難以理解的部分，不過岩永可以算是講話說得通而且能夠期待冷靜判斷的對象吧。

「但也正因為這樣，她完全看穿了理論的弱點，拒絕入社了呢。就像她講的，沒多少社團真的會像社長這樣想到要利用岩永同學。你期望太高了。」

簡單來講，就是我方虛張聲勢嚇唬對方的手法被看穿了。

天知這時翹起另一隻腿，手臂也交抱到胸前。

「這很難講。如果大家想不到，告訴他們就行了。我接下來打算把『讓她加入社團就會變得有利』的情報散播出去。當然，要在不讓人知道情報來源是我的前提下。」

小鳥頓時眨了眨眼睛。

原來天知並不只是嚇唬對方而已，也有準備好進一步逼迫岩永的策略。而且他還有考慮到光靠這樣的謠言並不足夠的可能性。

「另外我也會流放出『她的父母很擔心女兒似乎在學校交不到朋友而遭到孤立，所以覺得如果女兒能加入什麼社團還比較能放心』的謠言。如此一來原本對於利用她獲利的行為有所抗拒的社團也會變得樂意積極邀請她入社。有了正當的理由就比較能親近她，甚至覺得邀她入社是一種善行。學校也會覺得與其讓她孤立不如讓她加入社團比較好，所以除非她本人抗議受到騷擾，否則校方應該也不會出面制止吧。」

如果能夠為社團帶來利益，也符合岩永家父母的期望，就算她本人覺得煩，大家應該也會認為這麼做是為了她著想而加劇邀請她入社的行為吧。校方也是一樣。而且那個謠言也很難說是憑空捏造的內容。

「就算是為了逼迫岩永同學的計策，那樣的謠言感覺也很有真實性呢。畢竟她父母絕對很擔心她沒錯。」

「沒錯，那女孩雖然腦袋聰明又知曉世事的樣子，但就是莫名有種危險的感覺啊。」

天知雖然企圖利用岩永，不過他在身為人的情感上似乎也有所感觸的樣子，聽起來是認真在為岩永感到擔心。然而他大概是決定把感情放到一邊，接著又篤定說道：

「總之不用兩個禮拜，肯定就會有許多社團搶著邀請她入社了。到時候她應該能夠盤算出加入我們社團對於維護自己的平穩生活是最佳的選擇。到了月底，岩永琴子就是推研社的社員了。」

自己沒有實際行動，只是把能夠利用的東西都拿來利用，進而達成自己的願望。小鳥對於天知的智謀感到佩服的同時，提出了忽然湧上心頭的疑惑：

「推理小說讀久了，就會像社長這樣會動腦筋嗎？」

「智慧是人的罪，也是美德。而將智慧化為娛樂的就是推理小說。至於能不能有所收穫，就要看閱讀小說的人了。」

雖然是讓人好像明白又不太明白的回答，不過小鳥也不禁覺得接下來岩永琴子因為天知的策略而加入推研社的可能性相當高了。

隔天放學後，小鳥由於被班導拜託事情而花了些時間，比平常晚一點才來到推研社的教室。昨天的雨已經停息，今天從早上就是好天氣。小鳥一如往常地打開了社團教室的門。

結果她看到的是表情愉快地坐在椅子上翻閱著一本精裝書的岩永琴子，以及坐在岩永對面有如敗軍之將般面露沉痛的表情縮著身子、將雙手的手肘靠在桌面上撐住自己額頭的社長天知。真是呈現明顯對比的兩個人。

就某種意義上來說，若那兩人的態度相反，小鳥倒也不會感到困惑。如果岩永因為天知的策略而逼不得已加入了推研社，應該就是岩永表現得不愉快而天知得意地挺胸交抱手臂吧。

然而現在的狀況卻不是那樣。

「岩永同學，妳為什麼會在推研社？」

小鳥把教室門關上後，站在門前如此詢問岩永。於是岩永從書本抬起視線看向小鳥，依舊心情愉快地回答：

「我今天開始加入這個社團了，以後請多指教喔。」

答案非常簡單明瞭，但小鳥花了好一段時間才總算理解。而且在理解之後，心中還是湧出了相當根本的疑惑。

「咦？可是妳昨天才說不會入社，轉身回家了不是嗎？更何況……」

「更何況社長還沒有把為了逼迫我的謠言散播出去，所以應該還沒有社團來邀請我入社才對，為什麼我會想加入，是吧？」

岩永有如看穿了小鳥的想法，毫不遲疑地如此說道。

沒錯，天知為了不要被發現謠言的源頭是他，必須做好慎重的準備工作才行，因此還沒有正式展開行動。也就是說岩永應該還沒有遭遇到不得不加入推研社的狀況才對。

面對驚訝得講不出話的小鳥，岩永接著說道：

「我有預測到社長為了讓我加入這個社團，可能會散布謠言促使其他社團行動。而昨天招待我到社團教室來應該也是他的布局之一吧。要是演變成一如社長計畫的展開，對我來說也很麻煩，因此我必須在謠言散布之前做出對策才行。」

也就是說岩永昨天在離開社團教室的時候就看出了天知的策略，並思考到更進一步的對策了。

「這時候成為關鍵的，就是小林同學的存在。妳會在這個社團是很不自然的事情，因此我本來以為妳可能是被社長抓到什麼把柄而被強迫入社的。妳當時也給了我類似的回應，但我實際來到這裡一看就感覺到事情並非如此了。」

小鳥難以掌握岩永究竟想表達什麼，只能愣著一張臉繼續聽她講下去。

「如果妳是在不得已之下加入社團，妳在社團時的態度也未免太過自然了。而且妳感覺並不會排斥社長，甚至跟他的距離很近。社長對於那樣的妳也似乎很放心的樣子。」

岩永對小鳥與天知兩人露出微笑。

「因此我推測兩位的關係很親近，應該是一對情侶。小林同學一方面是因為『喜歡上對方』的這個把柄，才加入了這個社團對吧？」

被一個比自己嬌小且容貌稚氣的少女當著面說出什麼「情侶」或是「喜歡對方」之類的事情，讓小鳥莫名感到害臊地紅著臉慌張起來。

「呃、嗯，畢竟我沒有其他想加入的社團，又聽他煩惱說社員很少的事情。」

「你們應該還沒有交往很久吧？」

岩永簡直就像個厲害的占卜師，把小鳥甚至沒有告訴過自己父母的事實一件接著一件點出來。這下自己也只能乖乖承認了。

「我們是從去年十二月左右開始交往的。中學三年級的暑假時，我們在圖書館認識，後來在社長教我功課的過程中，怎麼說呢，我一方面也為了增加對於入學考試的動力，就主動向他告白了。」

小鳥當時為了考上瑛瑛高中而在圖書館用功念書，但是卻怎麼也解不開問題。就在她因此覺得自己無望及格而不禁哭出來的時候，來到圖書館借外國推理小說的天知出面幫了她一把。天知從小鳥在解的題庫書等等線索注意到她是為了考瑛瑛高中而來到圖書館念書，而就在天知認為她將來可能成為自己學妹的時候卻見到她哭了出來，於是忍不住出面指導她解題的技巧了。

聽了這些內容的岩永始終表現得非常愉快。

「真是一段佳話呢。明明與推研社的社長在交往卻是個推理小說初學者，可見妳是到最近才受他的影響開始讀推理小說的。因此我才會想說你們交往的期間應該不長。妳是入學考試考完之後才正式開始讀的吧？」

沒錯。雖然小鳥本來就不會排斥讀小說，也看過幾部以推理作品為名的電影或電視劇，然而過去並沒有特別整理出一個系統研究閱讀推理名作或代表作的念頭。

天知也並沒有向小鳥強迫推銷過，只是小鳥覺得對於男朋友喜歡的東西還是多少知道一點會比較好，所以考完入學考試之後在天知的推薦指導下開始讀起了推理小說。幸運的是推理小說似乎也很契合小鳥的興趣，讓她讀起來非常愉快。

「但是這又產生一個疑問了。兩位感覺似乎在隱瞞身為情侶的事情。雖然這本來就不是什麼需要大肆宣揚的事情，可是從交談或稱呼對方的方式還是會被周圍的人發現。然而你們的關係卻完全沒有被人知道。因此我推測這件事在學校被人知道可能對你們來說有什麼不妥，才會在講話上特別注意，刻意隱瞞兩人的關係。」

岩永的推理依舊敏銳，小鳥也只能招供了。

「我爸爸對於這方面的事情很囉唆，如果我在課業或學校生活上沒有顧好，總覺得他應該會不管三七二十一地反對我們交往。而且學生家長之間的交流也難以預料情報會如何傳開，所以我們決定在能夠證明交往不會影響到成績之前，在學校也要隱瞞這件事情。至少先隱瞞一個學期。」

岩永對於那樣的判斷點點頭表示可以理解，接著彷彿在告誡小鳥似地說道：

「可是照現況看起來，即使第一學期順利結束，你們身為情侶的事情還是很難公開喔。」

「咦？為什麼？」

小鳥完全聽不懂岩永這句話的意思。於是岩永向她說明：

「因為推研社實質上只有你們兩個人呀。換句話說，這間社團教室變成是只有你們這對情侶可以自由使用的房間。兩個有戀愛關係的人能夠自由利用，而且可以上鎖的房間。聽起來就有種猥褻的感覺呢。即便這間學校的學生們多半教養不錯，一方面扯上羨慕嫉妒之類的情感至少也能想像到這種程度的事情吧。」

小鳥完全沒有想像過在學校進行那類猥褻的行為，因此頓時不知該如何反應是好。不過她對於能夠和天知在社團教室兩人獨處的狀況感到高興也是事實，而且至少也有想像到這樣的狀況可能會被外人羨慕。

至於天知肯定也跟岩永一樣，有想像到周圍人的猜疑心理吧。

「當然，我並不是說兩位真的有做過那種行為，但是那樣的謠言是十分有可能流傳出來的。到時候就算是重視學生自主性的這間學校，基於風紀上的考量肯定也無法放著這個問題不管吧。最壞的情況下，推研社的活動搞不好會受到限制，社團教室也會遭到沒收。想要得到自己教室的社團也可能會為了那個目的故意散布不好的謠言吧。」

絲毫沒有想過那樣的可能性而開開心心加入了推研社的小鳥頓時覺得自己實在太幼稚而忍不住想抱住自己的頭了。雖然她也覺得明明不是當事者卻能立刻想像出那種事情的岩永反而比較有問題就是了。明明她給人的印象是跟那種猥褻的話題無緣地說。

「就算社團教室沒有遭到沒收，只要謠言傳開自然就會讓好奇的目光聚集到小林同學身上，也可能導致妳父母反對你們交往。因此只有兩名社員的狀態會讓你們很難公開身為情侶的事情。」

岩永說著，伸手指向一臉苦澀的天知。

「所以天知社長無論如何都需要盡早增加社員的人數，於是想到了利用我的計謀。」

這和小鳥原本聽說的動機完全不同，讓她忍不住逼近到天知面前問道：

「阿學！原來你想要讓岩永同學入社最大的理由是這個嗎！」

「別在學校那樣叫我。就算是只有兩個人的狀況也可能遲早讓心情鬆懈，結果不知在什麼地方被人聽到啊。而且現在這裡還有岩永同學。」

天知深深嘆著氣並安撫小鳥的情緒。岩永則是對於那樣的兩個人笑了起來。

「天知社長是想要盡早跟小林同學公開交往啦。而且要是一直隱瞞著這件事，他也很擔心可能有其他男生來追求妳呀。雖然妳好像沒什麼自覺，不過就連其他班級的男生都覺得妳很可愛喔。」

小鳥從來沒有聽過有那樣的評價，而且就算是真的，大家對岩永的評價肯定比自己可愛十倍才對。

岩永接著又進一步捉弄天知似地說道：

「另外，小林同學對於在班上孤立的我似乎也感到在意，想要找機會跟我聊一次看看是吧？天知社長就是知道了這件事，所以覺得或許可以成為一個很好的契機，才會要妳來邀我入社的。」

這麼說來，小鳥確實有跟天知聊過這種事。好像也有說過岩永同學雖然有很多讓人害怕的傳言，不過自己還是想跟那樣可愛的女孩子交朋友看看之類的。

「真是個很好的男友不是嗎？然後他是因為覺得把這些話老實講出來太難為情，才會在表面上主張是為了讓社團延續而利用我，並將策略付諸實行的。」

岩永始終表現得非常愉快。小鳥這下也明白剛才自己進到社團教室時天知會看起來像個敗軍之將的理由了。想必是在小鳥來到社團教室之前，岩永就用這個態度告訴天知自己已經把他的策略與真意全部都看穿了。而且現在又在小鳥面前重新說明了一遍，天知肯定感到更難為情吧。

不過對於小鳥來說，這下知道原來天知是如此為自己著想，讓她嘴角都不禁想揚起來就是了。

天知大概是為了遮掩自己變紅的臉而把手放在嘴前，一副難以置信似地說道：

「在妳來之前，她就把這些推理說給我聽了。雖然沒有證據，不過我們在交往的事情是事實。我本來還做好了覺悟，她可能會說如果我打算散布為難她的謠言，她就會在那之前先把我們的事情公開給大家知道。」

「啊，對呀。畢竟那樣一來我們會傷腦筋，所以就沒辦法對岩永同學出手了！」

小鳥總算理解岩永因為看穿了天知的真意，讓現在的狀況形勢逆轉了。而天知始終表現得一臉苦澀。

「要是關於她的謠言傳開之前我們的謠言就先被大家知道，那麼在她還沒加入推研社之前我們可能就會謀受巨大的損失。我沒辦法冒那樣的風險。」

換句話說，是岩永完全勝利了。

然而小鳥不禁懷疑自己是不是理解錯誤而歪了一下頭。明明應該是獲勝者的岩永剛才坐在這裡說了什麼？

「可是岩永同學不是加入了推研社嗎？」

岩永一臉滿足地把身體靠到椅背上。

「是的。雖然被迫按照別人的企圖行動讓我很不爽，但這也是無可奈何。自古以來不是說妨礙別人戀情的人會遭受嚴重的報應嗎？我很怕遭到報應呀。」

雖然岩永無論態度還是表情都感覺彷彿天不怕地不怕，但小鳥也沒有勇氣老實說那樣的岩永其實才真的教人害怕。

就這樣，岩永態度開朗地向小鳥與天知宣告自己敗北：

「因此雖然不甘心，但我還是決定依照天知社長的計畫加入這個社團了。這次是我輸啦。哎呀，雖然說能夠自由利用這間社團教室也算不錯就是了。」

岩永看起來絲毫都沒有不甘心的感覺，反而是天知才真的很不甘心的樣子。即使就結果來說一如天知的計畫讓岩永加入了推研社，但贏家終究還是岩永琴子。

而天知也很清楚這點，因此反而是他打從心底承認自己的敗戰：

「雖然我不覺得是自己贏了，但我歡迎妳的加入。不過我有個疑問。光靠妳原本知道的情報，有辦法如此精確地推理出真相嗎？妳的推理簡直就像是先知道真相之後再把感覺有關聯的情報串接在一起。可是從昨天才過了一天而已，妳不可能今天就知道那個真相才對啊。」

這麼說來，岩永的推理雖然正確，但因為太過快速又太過精確，反而像是在騙人的一樣。雖然推理小說中的名偵探偶爾也會給人這樣的感覺，可是如果在現實生活中遇到這樣的對象，恐怕就連天知也會感到難以接受吧。

就在這時，小鳥腦中靈光一閃。

「妳、妳該不會是靠什麼靈異力量得知的吧？」

這是大家煞有其事地流傳關於岩永的傳言。如果真的能使用那樣超自然的力量，或許就能輕而易舉地得知真相吧。天知似乎也有點懷疑這點似地看向岩永。

然而岩永卻翻開手中的書，不以為意地回答：

「誰知道呢？什麼靈異或是鬼神的，正常的推理小說應該不會講這些東西吧？」

她既不肯定也不否定，讓人得不出個結論。講出這句話的岩永本身搞不好才真的是近似神明的存在。小鳥不禁湧起這樣的感受，與天知面面相覷，心中想著：這狀況感覺反而像是社團教室被岩永侵占了吧？

而天知心中似乎也抱著同樣的感想。

就這樣，小鳥直到畢業為止都與岩永在推理研究社一起度過了高中生活。

接著畢業後過了兩年以上，小鳥才隨著某個教人害怕的話題一起再度聽到了岩永的名字。

第二章　六花再臨

岩永琴子在十一歲的時候曾經被一般稱為妖怪、鬼怪、怪異或魔物的存在們擄走，並且以右眼與左腳為代價，成為了那些存在們的「智慧之神」。也就是當那些妖魔鬼怪之間發生爭執時協助仲裁，或是接受各種商量的存在。另外，那些妖魔鬼怪們有時候會遇上跟人類社會有關的煩惱，而智慧之神也可以說是負責解決這類的問題，站在人類與妖魔鬼怪之間維護秩序的人物。

那樣的岩永現在是就讀於H大學二年級的學生，年齡已經是二十歲，然而容貌卻與小時候沒什麼差異，至今依然偶而會被人誤會是中學生。

「還沒掌握到六花小姐的行蹤嗎？」

某天深夜，岩永解決完一群潛伏於市區小巷中的妖怪們找她商量的問題。而就在回家路上，岩永站在行人穿越道前趁著等紅燈的期間調整頭上貝雷帽的位置時，她的男友櫻川九郎忽然對她問起這件事情。

「雖然我偶爾會接到目擊證詞，但是都沒有足以確定她下落的內容。自從那個人消失蹤影後，都已經快要經過一年了呀。」

如此回答的岩永有點焦躁地揮了一下手中的紅色拐杖。

「我是有通告全國的妖魔鬼怪們，若見到那個人就要告知我。但那些報告不一定立刻就能傳到我耳中，而且那個人想必也會挑選妖魔鬼怪們比較少的場所進行移動吧。如果她有長期停留在某個固定場所，或許狀況就會不一樣。」

岩永本來以為可以收集到更多線索，但沒想到實際上收穫卻是如此少。而且六花自從鋼人七瀨的事件之後，都沒有什麼特別顯眼的行動。這樣的寂靜反而讓人感到害怕。

九郎今年是二十五歲的研究生，雖然外表上是個普通的男生，不過因為他過去吃過人魚和件這兩種妖怪的肉，成為了同時擁有不死之身以及未來決定能力的稀有存在。這也讓他受到各種怪異存在的恐懼，無論什麼樣的怪物都光是感受到九郎的氣息就會拔腿逃跑。

岩永在某個機緣下認識了那樣的九郎，從一見鍾情到現在交往成為了男女朋友。當岩永進行身為智慧之神的工作時，也會請九郎幫忙。

而六花是九郎的堂姊，同樣因為吃過人魚和件而擁有和九郎一樣的能力。大約一年前左右，六花曾經利用那個能力做出擾亂世界秩序的行為，至今似乎也還沒有放棄那個目的。岩永與九郎就是為了制止六花而試圖要逮到她。

九郎接著試探似地說道：

「妳跟六花小姐以前感情還算不錯吧？」

「哎呀，是不差啦。她還住在我家的時候，我們也曾經聊過這樣的話題呢。」

六花曾有一段時間寄宿在岩永的家，平時也經常有機會互相閒聊。岩永回憶著過去，並向九郎描述起那段互動。

忘了當時是在什麼樣的緣由下，岩永與六花有了個很奢侈的機會可以兩人分吃一整條別人贈送的瑞士捲。她們在岩永家宅邸的一間和室中各自拿叉子享用著放在自己盤子上的半條瑞士捲，同時在兩人中間放一個將棋盤，將棋子隨意推放在盤面正中央，輪流用一根手指從棋子堆中不發出聲響地抽掉棋子。

雖然說既然要用將棋玩就普普通通下棋就好了，但由於無論岩永還是六花都覺得跟對方玩需要動頭腦的遊戲很累，所以都會盡量避免。然而這兩人又都是不喜歡認輸的個性，因此即使是像這樣的遊戲也會玩得很認真。

六花從棋子堆中靜悄悄地抽走一枚香車的棋子，並吃了一口瑞士捲的同時向岩永問道：

「琴子小姐，妳害怕的事物是什麼？」

「這個嘛，我覺得一杯熱呼呼的紅茶很可怕呢。」

同樣也正用叉子叉起下一塊瑞士捲的岩永因為覺得嘴巴裡有點太過甜膩，但原本準備好的紅茶又已經有點涼掉，於是認真地如此回答。可是六花卻頓了一拍之後毫不留情地說道：

「我討厭妳那樣的地方。」

「咦咦！我這個風趣的回應有什麼問題嗎！妳該不會不曉得落語（註1）中『紅豆包好可怕』的故事吧？我剛才這是藉由引用古典落語故事的一小節讓對方感受出自己的教養，同時把麻煩的提問敷衍過去的一種高等對話技巧呀。」

落語中所謂「紅豆包好可怕」的故事，是描述某個男人因為說自己很害怕紅豆包，於是周圍的人想說要嚇嚇他取樂而放了許多紅豆包在男人枕頭邊，然而那男人表現出害怕的同時卻又津津有味地吃起紅豆包，周圍的人這才發現是被實際上很想吃紅豆包的男人給騙了一場。大家接著又問那男人真正害怕的東西究竟是什麼，結果男人竟回答說因為自己吃了一堆甜膩膩的紅豆包，所以很害怕熱呼呼的茶、或是喝起來苦澀的茶。

六花用有點冷淡的眼神回應岩永：

「我的意思就是人家很認真在問妳問題，妳不要用古典落語故事敷衍過去。而且不要直接就引用最後故事笑點的部分，那樣會變成劇透呀。」

「古典落語哪有什麼劇透不劇透的？」

古典落語本來就是在觀眾們已經知道故事內容的前提下聽起來有趣的東西，而且不同的表演者在最後故事笑點的部分也會多少有些差異。

註1 「落語」係日本的一種傳統表演藝術，由坐在舞臺上的落語家講述一段詼諧幽默的故事。

「話說回來，妳問我害怕的事物是什麼嘛，我一時想不到呢。」

岩永吃著瑞士捲並歪了一下小腦袋。於是六花不得已之下只好稍微舉了個例子：

「既然是女生，妳不會害怕蜘蛛嗎？」

「也還好。上次有個全長將近三公尺的大蜘蛛找我商量事情，我倒是不覺得牠有什麼可怕的。只是腳很長而已，頭部感覺用拳頭就能輕易敲碎啦。」

「那蛇呢？」

「蛇在妖怪或怪物中也有很大隻的存在呀，所以我早就習慣了。我甚至很期待下次會不會有槌蛇來找我商量呢。」

「昆蟲類……妳大概也沒問題吧。」

「要是怕蟲，要怎麼去妖怪們棲息的深山中或是廢墟嘛。」

六花表情認真地沉思了一段時間後，舉出下一個例子：

「那麼被九郎討厭的話呢？哦哦，不過妳現在跟他交往就已經被他討厭了呀。」

雖然六花自己舉例又覺得這例子不好而否定，但岩永倒是反駁起來：

「我才沒有被討厭。就算真的被討厭，情侶間長久交往本來就會有感情起伏，並不是需要害怕的事情呀。」

「照妳這樣講，就算被九郎拋棄妳也不會害怕吧。哦哦，不過妳現在就已經跟被他拋棄沒什麼兩樣了嘛。」

「才不是沒什麼兩樣。再說，那種事情也總有方法可以解決的。」

「妳這想法會不會已經近似於跟蹤狂了？」

「真虧妳明明是寄宿在我家卻敢對我講話那麼難聽呢。」

「反正妳父母很中意我嘛。」

六花雖然絕對稱不上是擅於社交或討人喜歡的類型，不過卻很容易被有能力的大人們中意。或許是她細瘦的身體與讓人感覺有點不幸的氛圍會給人一種無法放著不管的心情吧。

「問題就在那裡呀。爸媽到底是覺得這個像縫隙女的人有哪裡好嘛。」

所謂的縫隙女是都市傳說中的一種怪異存在。是個會站在牆壁與家具之間僅僅幾公釐的縫隙間盯著房子裡的人瞧的女人，有些版本甚至說如果和她對上眼睛就會被拖進異世界。

就算六花再怎麼瘦當然也不可能鑽進只有幾公釐的縫隙，不過她的身體就是細瘦單薄到會給人那樣的印象。

六花一臉無奈地搖了搖頭。

「我才要說真虧妳敢對自己男朋友重視的堂姊講話那麼難聽呢。」

「因為我很清楚，要是把我害怕的東西告訴妳絕不會有好下場呀。」

岩永同樣一臉無奈地如此回答後，反過來詢問對方：

「那麼六花小姐，妳害怕的又是什麼？」

六花目不轉睛地盯著岩永好一段時間後，絲毫不帶開玩笑的態度，用有如蛇盯著獵物青蛙般的眼神清楚回答：

「琴子小姐，我覺得妳最可怕呀。」

對於這樣一段溫馨的回憶，九郎明明由於吃過人魚和件的影響而具有不會感受到疼痛的體質，卻彷彿感到頭痛般深深嘆了一口氣。

「妳根本完全被六花小姐討厭了嘛。」

然而對岩永來說這實在是天大的誤會。

「不，從對話的脈絡來判斷，她最後那句話應該是一種對我感到喜歡的表現方式吧？就跟說紅豆包好可怕一樣呀。」

這個落語故事的內容上就是因為喜歡紅豆包才說紅豆包好可怕。這樣的解讀方式比較合理才對。

當然，六花對於岩永想必抱有很複雜的感情吧。至少她對於九郎跟岩永交往的事情感覺就不太高興的樣子。

岩永摘下戴在頭上的貝雷帽，一邊調整著帽子的形狀一邊仰望夜空。

「真不知道那個人現在究竟在做什麼呢。」

五月十四日禮拜六下午九點多在紺野和幸居住的公寓一零一號房中，今晚來過夜的女友沖丸美彷彿不經意想到似地忽然詢問：

「話說，那個女人是誰呀？」

「那個女人？」

把超市買來的下酒菜排在丸美面前的桌上並且準備要去從冰箱拿罐裝啤酒過來的和幸聽到這樣唐突的問題，一時之間不曉得對方究竟在講誰。

丸美接著打開下酒菜的包裝袋。

「我上個禮拜六傍晚左右的時候偶然看到了，你跟一個身材很瘦又高䠷，而且相當漂亮的美女兩個人走在一起對吧？」

和幸聽到她描述得如此具體，終於理解她究竟在講誰了。

「哦哦，那個人啊。我可不是出軌什麼的喔？」

「我知道啦。畢竟那個人跟你的喜好完全不同。只是，該怎麼講？那人散發出的氛圍感覺不太尋常不是嗎？」

丸美的身材是屬於比較嬌小又有肉的類型，而她大概是有自信和幸不可能被跟自己完全相反的類型吸引吧。因此她會提出來詢問想必只是出自單純的好奇心而已。

和幸對於丸美敏銳的直覺不禁露出苦笑。

「那個人是上禮拜週末搬進三零五號房的新住戶啦。」

「咦！住那個房間沒關係嗎？那個人絕對有什麼問題吧！」

丸美頓時發出擔心的聲音。和幸則是坐到桌子前望著罐裝啤酒。

「畢竟那是有問題的房間，給有問題的人住也很自然就是了。」

和幸現在住的公寓高三層樓，共十五間房間。距離最近的車站走路七分鐘，房間樣式是附衛浴的單間套房，給學生或單身族住起來剛剛好。租金雖然不算便宜，不過建築物本身還算新，隔音也做得很好，因此以距離市中心有點距離的公寓來說或許算是比較搶手的類型吧。然後像這樣的公寓經常會有的，就是稱作「凶宅」的房間。

「那個人——名字叫櫻川六花小姐——上個禮拜只提著一個大包包，連家具、日常用品甚至棉被都沒有準備就住進了那個房間，感覺就像是只打包了最低限度的換穿衣物跟隨身物品逃亡過來的一樣。我覺得要是放著不管應該會不太妙，所以就介紹她到附近可以便宜買到日常用品雜貨的店家，並且向認識的人要了一條棉被搬到她房間去啦。」

這棟公寓是和幸他叔父的房子，而現在和幸可以說是這裡的管理員。一方面因為他從事的是在家工作的網頁設計師，所以叔父拜託他平常幫忙注意一下住戶們的要求或是建築物的維護工作。其他住戶們也有聽說如果遇到什麼事情可以去和幸的房間找他商量。相對地，和幸的房租就收得比較少。

現年二十七歲的和幸目前網頁設計師的工作收入還不算安定，因此房租可以減到一半以下對他來說是非常好的事情。

「拜託我管理公寓的叔父從以前就很照顧我。而且經營公寓應該也很辛苦，所以我是希望櫻川小姐可以平平安安生活下去。」

「說得也是。那個房間一年左右就連續有三名住戶自殺了對吧？要是再出現第四名，就真的不會再有人想住進去了。」

「其實光是連續有三個人自殺就已經是非常誇張的凶宅啦。」

就算被人斷定是會把住戶逼到自殺的詛咒房間大概也無從辯解吧。

所謂「凶宅」是指曾經在裡面發生過意外、自殺或殺人等等凶事的房子或房間，而這樣的場所想當然多半的人都會盡量避免入住。畢竟是每天生活起居的地方，所以會想避開曾經有過沉重過去的空間也算是人之常情吧。

到最後屋主就只能藉由把租金或入住金算便宜一點的方法招募新住戶。雖然有時候也會因此有人貪便宜想要住進來，讓凶宅反而變得搶手，但房東的收入毫無疑問地會變得比較少。

不過只要新住戶能夠在那裡平平安安住下去，房間給人不吉祥的印象便會被沖淡，到了要找下一個房客的時候也就會把房租調回原價。然而要是新的住戶又死於非命，那房間就會變得更難租出去了。

而和幸住的這棟公寓的三零五號房不知道是偶然還是超自然現象造成的必然，連續發生了三件住戶在房間裡自殺的事件。要尋找下一個房客的難度可想而知。

和幸抬頭望向天花板，示意著樓上的房間說道：

「畢竟是連續死了三個人，就算是故意找凶宅貪便宜的人也會想避開，所以好一段期間都租不出去啊。到現在那位櫻川小姐才總算住進去了。」

「可是那個人感覺好像隨時都要死了不是嗎？」

「交談起來是沒有那種感覺啦，不過擔心還是會擔心。就算現在只是三零五號房的問題，但要是因為公寓有那樣不吉祥的房間導致其他房間也租不出去，或是現在的其他房客們都搬出去，才真的是大問題啊。」

正因為是一棟小公寓，只要其中一個房間給人印象不好就無法忽視對整體公寓印象的影響。和幸身為管理員，也不得不好好關注這位新的住戶。

丸美這時打開啤酒罐。

「畢竟租金極端便宜，所以很容易吸引經濟上或社會上有問題的人來住就是了。話說那位櫻川小姐來這裡是因為工作還是什麼理由嗎？」

「詳細情形我還不知道。總不方便問她啊。」

如果有正規的工作，應該就不會只帶個包包住進凶宅才對。因此多少還是會猶豫可不可以隨便詢問這種事情。

「對方大概也覺得才剛認識而已，不太好講吧。可是稍微了解一下比較能夠注意到一些事情就是了。」

丸美喝了一口啤酒，而就在和幸也準備打開罐子的時候，房間的門鈴忽然響起。於是和幸起身打開房門，發現站在門外的正是話題中那位三零五號房的房客——櫻川六花。

「不好意思，這種時間來打擾您。請問您還在工作嗎？」

身高比和幸還高的六花微微歪頭如此詢問。她的肌膚蒼白，彷彿都沒有晒過太陽一樣。身材講好聽一點是苗條，不過她的狀況是瘦到甚至讓人會懷疑是不是患有拒食症的程度。

然而她的雙眸犀利，光是這點就會讓和幸感到退縮。而她現在的打扮是一條凸顯出宛如樹枝般纖細雙腿的牛仔褲搭配素色T恤，上面再披一件外套而已，相當樸素。上禮拜和幸幫忙她一起去採買的時候，她也是穿同樣一套服裝。

和幸趕緊搖搖頭回答：

「沒有，我女朋友來，我們正打算要小飲一下。」

「那麼剛剛好呢。這是上次你幫忙我的謝禮。」

六花輕笑一下，把提在左手的超市塑膠袋遞給和幸。於是和幸收下一看，袋子裡裝有兩個六罐裝的罐裝啤酒，總共十二罐。

「我只是幫點小忙而已，不算什麼啦。倒是櫻川小姐才剛搬家，應該需要用錢吧？」

最近啤酒也在漲價，並不便宜。話說六花明明手臂那麼細，真虧她可以單手提著這麼多的罐裝啤酒過來。

面對表示關心的和幸，六花笑了一下。

「今天我賭馬中了大獎，所以我才要說這點小意思不算什麼呢。」

她說著，拿出插在牛仔褲後口袋的一個信封給和幸看。信封口沒有黏起來，裝在裡面的鈔票束都從信封口露出頭來。從那厚度與鈔票種類估算起來，搞不好跟和幸的年收金額差不了多少。

「這麼大一筆錢不應該那麼隨便塞在口袋裡吧。」

突然看到如此缺乏現實感的鈔票束，讓和幸驚訝到忍不住傻傻說出這樣常識性的發言。

「這也沒什麼好稀奇的呀。」

至於六花則不知道該不該說是對金錢沒有執著，彷彿只要她有那個意思，隨時都可以中大獎的樣子。

不知什麼時候跟著來到玄關的丸美從和幸背後向六花說道：

「呃，櫻川小姐，妳難得來了，請問要不要跟我們一起喝呢？」

忽然提這什麼提議？和幸不禁小聲對丸美質問：

「妳約她幹什麼？」

「這是個好機會，可以問問她一些私人的問題不是嗎？或許跟同性的對象會比較好講話呀。」

這確實是個得知六花隱情的好機會，而且喝了酒應該也會比較好講話吧。

於是和幸重新看向六花，附和丸美的提議：

「說得也是，大家一起喝比較有趣，而且現在有這麼多酒啊。」

六花稍微表現出考慮的樣子後，大大方方回應：

「那麼，我就打擾一下囉。」

三個人圍著桌子坐下後，和幸與丸美起初還只是聊些無關緊要的話題，不過就在他們各自喝完一罐啤酒的時候，便直截了當地詢問起六花對於她住的房間有什麼感覺。雖然在出租之前有先說明過三零五號房曾經發生過什麼事情，為什麼租金會這麼便宜的理由等等，不過實際住進去過了一個禮拜，或許心境上也會有什麼變化。

「我是有聽說之前連續三名房客自殺，但我並不在意喔。」

把倒進杯子啤酒像喝水一樣喝下肚子，蒼白的肌膚也漸漸泛紅的六花毫不介意地如此說道。

丸美難以置信似地繼續詢問：

「可是妳都不會懷疑是不是有什麼奇怪的幽靈或是可怕的詛咒嗎？像第一個在那間房間自殺的男性似乎就曾經說過他看到天花板上有人臉呀。」

那房間的天花板確實有個看起來像人臉的汙漬。而在那名男性自殺後，和幸也有請人來換掉天花板，但自殺事件卻依然持續下來了。

「如果因為那點程度的事情就能死，我反而覺得愉快呢。」

雖然六花用這種聽起來也可以解釋成有自殺傾向的表現方式回應，不過至少可以知道她對那房間確實不會感到害怕的樣子。

「而且一般所謂的凶宅其實不需要扯到什麼詛咒或靈異現象，多半都可以找到合理的說明。那房間也是一樣吧。話說最開始那位男性的自殺理由是什麼呢？」

六花明明本人的臉色給人感覺不像是屬於這個世界的存在，但思考方式上倒是非常現實。於是和幸在保密最起碼的個人情報之下回答：

「最初那位男性是個四十多歲的單身漢，因為在職場上發生問題而陷入憂鬱，結果就自殺了。」

「也就是說他的自殺原因跟房間並沒有關係了。然後由於他的自殺導致房間租金必須降價，進而變得容易吸引本身有什麼隱情的房客了。既然如此，第二位房客應該也有什麼足以導致自殺的理由吧？」

六花說得沒錯。第一樁自殺是屬於經常聽說的不幸事件，而由於這個原因，導致下一位找到的房客是本身從一開始就抱有問題的人物了。

「是的，沒錯。第二位房客是個二十多歲快三十的女性，據說是被同居而且有婚約的男性狠狠拋棄，導致她失去了工作跟住處。雖然後來勉強振作起來重新出發，但過了三個月左右還是自殺了。連遺書都沒有留下，簡直就像是被前一位自殺房客的怨念驅使的一樣。」

六花對於和幸那樣的解讀並不感到在意地說道：

「她本來就是個在遭到拋棄的時候便立刻自殺也不奇怪的人對吧？不過她勉強撐了下來，生活了三個月，但最終還是無法走出失戀的陰霾，某一天感到難以忍受而自殺了。這也是非常平凡的事情，並不需要什麼靈異或超自然力量驅使。」

即便如此，租借那樣的房間想必心情上還是不會很好吧。和幸終究是站在關心六花的立場。

「可是第三位房客就不是那樣了。那房客是一位三十出頭的上班族男性，同樣是住進來三個月就自殺了。然而那男性不但工作順利，也有個情人，乍看之下根本沒有自殺的理由。而且他同樣沒有留下遺書，住進來的時候也感覺不出有什麼隱情。只是在他自殺之後，警察認為有疑點而展開調查，才發現原來他是在那房間第二位自殺的那位女性的前男友。」

「也就是把那女性狠狠拋棄的那個？」

六花深感興趣地如此回應，但依然沒有感到害怕的樣子。

「是的，這很奇怪對吧？在偶然之下住進自己拋棄的女友自殺的房間，機率上未免太低了。可是我又想不到他有什麼故意住進那房間的理由。畢竟那女性自殺的原因有可能是自己，只要有一點點罪惡感應該反而會避免住進來才對。因此警方當初懷疑有什麼內幕而展開了調查，但最終還是沒找到他殺的可能性，便下結論說是突發性的自殺行為了。」

丸美這時插嘴說道：

「當有兩個人連續過世的時候便已經開始有人謠傳那房間會不會有什麼不好的東西，而到了第三個人就讓謠言確定下來了。」

「雖然那男性起初拋棄了女友，但最終感到後悔而追隨女友一起自殺了。這樣的解釋也說得通吧？」

六花終究用稀鬆平常的見解否定謠言，然而和幸不禁覺得她太過樂觀了。

「就算要追隨女友自殺，會刻意搬進那房間還住上三個月嗎？而且他當時已經交了新的女友，生活上還算順遂喔？」

或許到第二個人還可以說是偶然，但第三個人的自殺實在有太多無法解釋的疑點，表示三零五號房的靈異現象已經變得很強大了。

但是過分嚇唬現在住在那房間的房客也沒什麼意義。

「如果櫻川小姐不會在意就好啦，但要是妳稍微感到什麼不對勁，就請妳不要客氣直接跟我說喔。就算要立刻搬出房間也沒有關係的。」

畢竟這位叫六花的女性本身就給人感覺有什麼陰影了。就算不到隨時可能自殺的程度，也總覺得她的存在本身彷彿會吸引什麼幽靈或不吉祥的怨念。

「多謝您的關心。」

六花語氣溫和地道謝，然而卻感覺她很確信不會發生那樣的事情。

丸美就在這時用很自然的態度提出和幸心中也最想問的問題：

「呃，話說櫻川小姐是為什麼會搬進那個房間呢？聽說妳一開始根本沒準備什麼搬家的東西，可是現在又感覺妳不是在經濟上有什麼問題的樣子。」

桌上放著一個被撐到很厚的信封。雖然不應該將那東西隨便塞在褲子口袋，但也不應該這樣隨便放在桌上吧。

和幸本來以為對方應該不會回答這種問題，但六花喝了一口啤酒後，把手伸向下酒菜的同時隨口說道：

「我有個小我三歲的堂弟，被一個惡質的女孩拐走了。」

「這樣啊。」

聽到這樣抓不到重點，又不知跟前文有何關係的開場白，和幸也只能如此答腔了。六花接著露出望向遠方的眼神：

「我本來樂觀認為那種女孩就算放著不管，應該很快就會跟堂弟分手了。可是沒想到他們的感情卻好像越來越好。我想說這樣下去不行而認真要讓他們分開，但那女孩真的很壞，一點都沒有要分手的意思。」

六花大概是真的對那女孩傷透了腦筋吧，深深嘆了一口氣。

「如果我和堂弟都成為正常的人，應該就能完全跟對方斷絕關係了。因此我嘗試了各種手段，卻遭到那個惡質女孩妨礙。結果就害得我現在必須到處躲藏了。」

「正常的人？」

和幸覺得對方講到這個部分似乎特別有感觸而忍不住如此詢問，但六花卻好像在戲弄那樣的和幸般說道：

「那沒有什麼很深的意義，只是因為那女孩並不正常。我記得她今年要二十歲了吧。我是覺得這地方剛好適合讓我靜下來思考今後的對策，所以租來當成暫時避難的場所而已。要是被那女孩找到會很麻煩，所以我應該也不會住太久就是了。」

即使聽完說明，和幸還是無法明白狀況。只知道六花似乎因為那個惡質女孩的緣故，現在正到處逃亡的樣子。和幸雖然也有猜想到那原因會不會跟犯罪有關，不過六花大概是料到他會這麼想，於是揮揮手笑道：
「我並沒有做什麼違法的事情，不會在這點上給你添麻煩的。」
和幸難以判斷這句話究竟可以信任到什麼程度，但如果有扯上犯罪行為，對方的行動應該會稍微再隱密一點，不會毫無警戒心地在別人家用看起來那麼優雅的動作喝酒才對。
六花這時忽然感到擔憂似地呢喃：
「只是照現在這樣下去的話，我堂弟只會被那女孩真的狠狠拋棄，陷入不幸。但他想必沒有明白這點吧，畢竟他個性有點遲鈍。」
接著又露出皺眉思索的表情。
「如果有什麼機會可以製造出某種狀況，讓那女孩的危險性得以暴露出來就好了。要是不快點想想辦法，他真的會很慘呀。」
看來六花比起自己的現況反而更擔心他堂弟的樣子。雖然她是個氛圍上教人難以靠近的女性，不過像這樣為他人著想的模樣倒是讓人有種親近感。
丸美或許是被這意外的感覺觸動到心弦，用關懷的語氣對六花說道：
「妳很寶貝那位堂弟呢。」
六花則是喝了一口啤酒後，感到無趣似地呢喃：
「畢竟那本來應該是屬於我的呀。」
也就是說，她是對於自己的堂弟被一個惡質女孩搶走的事情感到不開心吧。

和幸與丸美都沒有辦法繼續深入追問了。

大約過了一個小時，六花離開之後，和幸與丸美很自然地互相說道：

「會被那個人講成是『惡質』的究竟會是什麼樣的人物啊？」

「或許是在各種意義上比那個人更有魄力更尖銳的女孩子吧？」

和幸漠然地想像著可能是個態度強硬、身材姣好、比六花還要高挑而且喜歡誇耀自己的年輕，讓人一點也無法湧起好感的高傲女孩。

一反和幸原本的擔憂，六花後來也一點都沒有要自殺的樣子，住在公寓裡自由自在地生活著。

沒有正當的工作，只是偶爾出門靠賭馬賺到一筆錢的生活雖然或許有違公眾倫理，不過她似乎賭博從沒有輸過，也沒有因此品行不良的樣子。

「妳簡直就像是可以看到未來呢。」

有一天，當和幸如此詢問六花時……

「我不是可以看到，而是可以決定。不過我能決定的只有可能性比較高的結果，所以並沒有那麼容易中大獎就是了。」

對方的回應還是一樣讓人摸不著頭緒。

另外，六花即使賺到大錢也不會揮霍，身上的服裝還是老樣子，不會想去買些日常用品道具，餐食也總是靠超市的便當或熟食解決，過得非常簡樸。家裡沒有電視、冰箱或微波爐，即使靠賭博賺到大錢也過著清貧的生活。這讓和幸也很難對她的生活態度多講些什麼了。

「請問妳賺了那麼多錢是要做什麼？」

就算和幸對著六花毫不化妝的側臉如此詢問……

「畢竟如果要對抗那個惡質女孩，活動資金是越多越好呀。」

也只會得到這樣的回答，同樣沒辦法深入追問下去。

而丸美來和幸的房間時也經常會問他關於六花的事情。

「其他住戶對櫻川小姐是怎麼想的？」

「評價不壞。那個人雖然讓人有點毛骨悚然，但畢竟也看起來很柔弱，會給人一種如果不幫幫她的忙好像不太好的感覺。」

「而且她又是個美女呀。」

在這棟包含學生在內大半住戶都是單身男性的公寓中，女性光是容貌出眾或許生活起來就很舒適吧。

「另外，她上次拯救了一個差點被車撞的小學生，所以住在這附近的人對她評價也不差。」

「是喔。」

當時六花挺身將一位在車道上快要被撞到的小學低年級女生推開，把對方推到車子的行駛路徑之外。

「但相對地櫻川小姐自己則是被車撞飛了十公尺左右就是了。」

「那樣她根本死了吧！」

丸美說得沒錯，當時人在現場的和幸也直覺認為這下應該沒救了。

「可是她本人倒是摔在柏油路上滾了好幾公尺卻一副不痛不癢地站起身子，後來到醫院檢查也找不到半點皮肉傷。」

「怎麼會這樣？」

雖然對於獲救學童的家長以及肇事駕駛來說這是好事一件，但和幸記得他們當時都與其說是慶幸六花毫髮無傷還不如說是彷彿看到什麼幻覺的樣子。畢竟六花被撞又摔在地上的感覺絕對不可能毫髮無傷才對，因此會覺得是看到什麼幻覺也是當然的吧。

「就算問她本人這是怎麼回事，她也只說什麼『就好像在時代劇中偶爾會有被刀砍了也沒事的那種，對，像是被刀背砍一樣的感覺』之類的。」

對方有如打從一開始就沒發生過什麼車禍似地回答得一派輕鬆。

「車子的刀背是哪裡啦？而且就算用刀背砍還是有可能砍死人好嗎？日本刀即使沒有刀刃也可以當成打擊武器，至少可以把頭蓋骨敲碎呀。」

丸美的糾正沒錯。甚至有種說法是用刀刃砍的傷搞不好還比較輕。然而六花當時是真的毫髮無傷，因此也只能推測說是她被車撞到的角度比較好，而且摔到地上時也有靠護身動作之類將衝擊力道分散了吧。

「搞不好那個人非常受到命運的眷顧。」

對於和幸這樣的意見，丸美卻皺起了眉頭。

「可是她不但堂弟被惡質女孩搶走，還必須到處逃亡對吧？再說，櫻川小姐怎麼看都應該是不受命運眷顧的類型呀。」

「說得也是。」

如果受到命運眷顧，根本就不會被車撞才對。

六花今後究竟能不能在那間自殺頻傳的房間中繼續平安生活下去？和幸心中的擔憂是越來越深了。

七月最後一個禮拜五的晚上八點多，正當和幸獨自在房間工作的時候，門鈴忽然響起。不禁疑惑這種時間究竟是誰來訪的和幸打開門一看，站在外面的竟是只提著一個包包的六花。

「不好意思這個時間打擾您。我的行蹤似乎被我堂弟跟那女孩知道了。」

「咦！」

和幸雖然感到驚訝，但六花卻一點也不著急，彷彿是按照預定計畫從容行動似地平靜說道：

「或許很唐突，不過我要離開了。雖然幾乎沒什麼道具財產，不過留在房間裡的東西就全部處分掉沒有關係。另外這是給您添麻煩的一點點賠罪。畢竟我忽然失蹤或許又會讓那房間出現什麼不好的謠言，搞不好傳到後來會有人說我即便不是死在房間也可能是在其他地方自殺，然後您刻意隱瞞事實之類的。」

六花雖然口中說是「一點點」但又遞出了一個塞滿鈔票的信封。和幸不禁覺得就算是賠償金也未免太多而猶豫著該不該收下，結果六花就把信封輕輕放在鞋櫃上，並且一副想到什麼好點子似地說道：

「不過我堂弟跟那女孩近幾天應該會來訪，到時候那個女孩想必可以針對那個房間連續有人自殺的事情給您一個合理的解釋吧。這樣您今後就能安心把房間租給人住了。」

六花自顧自地說出這段還是老樣子讓人摸不著頭緒的發言後，將房間鑰匙放在信封上，對和幸彎腰鞠躬。

「那麼，這段期間真的受您關照了。祝您健康。」

和幸連出聲制止都來不及，六花便一如當初搬進來時一樣只帶著輕便的行李轉身離開。於是和幸趕緊奔出門口，對著她細瘦的背影說道：

「呃，希望妳可以順利解決跟那位堂弟的問題喔！」

六花停下腳步轉回頭微微一笑後，又踏著靜悄悄的腳步遠去了。

和幸則是只能在心中感到懊悔，自己難道就不能說點更好的道別臺詞嗎？

兩天後的禮拜日上午十點多，一如六花的預言，和幸的公寓來了兩名訪客。和幸與昨晚在他房間過夜的丸美一起來到公寓前迎接那兩個人，不過第一眼見到那兩人時和幸忍不住當場愣住了。站在他旁邊的丸美也是一樣。

那兩人之中的一個人抬頭望著公寓，語氣不甘心地說道：

「真不知道是直覺敏銳還是因為巧妙決定出這樣的未來，竟讓她早一步逃掉了呢。」

那個人物接著看向和幸與丸美，摘下頭上的貝雷帽，輕輕揮一下握在右手的拐杖鞠躬行禮。

「在假日早晨不好意思打擾了。我叫岩永琴子，而這位是櫻川六花小姐的堂弟櫻川九郎，同時也是我的男朋友。」

在岩永的介紹下，站在她旁邊雖然身材高䠷卻莫名缺乏特色而沒什麼存在感的這位叫九郎的青年也跟著鞠躬致意。

「六花小姐受您們關照了。」

「呃，不，我們也沒做過什麼。」

和幸忍不住把姿態放低，在胸前揮了揮手。

看來這個女孩與青年就是六花提過的堂弟與惡質女孩沒錯了。由於和幸對六花感到同情的緣故，在與兩人見面之前也不是說對他們完全沒有反感，不過這位堂弟的容貌雖然還在想像範圍之內，這位女孩倒是跟想像中完全不一樣，讓和幸感到有點混亂，連原先反感的心情都不知飛到哪裡去了。

自稱叫岩永的女孩身材嬌小，楚楚可憐，一頭輕柔的秀髮也好，全身白皙的肌膚也好，那對大眼睛也好，都端整得讓人難以相信她是活生生的人，絲毫沒有六花一再強調的「惡質」感覺。再說，和幸明明聽六花說對方今年二十歲，可是這女孩怎麼看都應該只有十歲出頭而已。

或許是因為和幸忍不住盯著岩永看的緣故，對方接著微微一笑。

「請問我怎麼了嗎？」

「呃、不，只是妳的年齡之類跟我從櫻川小姐口中聽到的印象不太一樣。沒想到她堂弟的女朋友原來是個這樣像人偶一樣的姑娘。」

「什麼人偶，我體內流著活生生的血液呀。」

岩永彷彿表示謙虛地笑了一下，站在她旁邊的九郎則是補充說道：

「而且別看岩永這樣，她毛很濃的，跟人偶可差得多了。」

就算要強調自己女朋友跟可愛的人偶不同，拿這點當例子會不會太誇張了？就算那是事實也一樣。結果岩永不出所料地對九郎大聲反駁：

「你說誰毛很濃呀！根本沒有那回事好嗎！九郎學長以前不是還惋惜過『這樣沒辦法用妳享受海帶芽酒的樂趣啦！』之類的話嗎！」

「我完全不記得自己有惋惜過那種事情！再說，我根本就不曉得那個酒是什麼東西啊。雖然我猜八成是貶低我品格的東西就是了。」

和幸聽著不禁覺得，真是糟糕的對話啊。從表情看起來，丸美應該也抱著同樣的感想：

這女孩確實很惡質。

岩永清了一下喉嚨，與心境上被嚇傻的和幸言歸正傳：

「失禮了。我們其實從去年就在尋找六花小姐的下落，可以請您告訴我們關於她在這裡的生活情形等等嗎？就算只是容許範圍內的內容也沒關係。」

和幸與丸美面面相覷，最後還是只能讓那兩人進到房間裡了。

和幸與丸美一起將如果去詢問其他住戶應該也可以知道的事情都告訴了來訪的兩個人。包括六花是住在凶宅，附近居民們對她評價不錯，以及在禮拜五晚上忽然消失了蹤影等等事情。

聽完這些話後，岩永垂下肩膀。

「沒想到六花小姐是住在凶宅，這或許是個盲點呢。話說她明明是個像妖怪濡女的女人，為什麼周圍的人都不會討厭她呀？」

「那是妳把六花小姐想得太壞了而已吧。」

「我就說你為什麼不偏袒自己女友反而要偏袒堂姊啦？哎呀，雖然我的發言或許對濡女很失禮就是了。」

岩永對九郎指出的理由如此抗議。和幸雖然不清楚「濡女」是什麼樣的妖怪，但應該不是好意的評價吧。從這些狀況來判斷，和幸認為還是不要把六花是怎麼描述這兩個人的事情告訴他們比較好而沒有講出來了。尤其是岩永，最好不要讓她知道吧。

丸美這時對似乎難以釋懷的兩人大膽詢問：

「請問你們是為什麼在找那個人呢？她看起來不像是什麼壞人，而且不就是兩位造成了她必須到處躲藏的狀況嗎？」

這是和幸也感到在意的部分。岩永則是露出複雜的表情含糊說道：

「我們也不是說要把六花小姐吃掉什麼的。只是如果放任那個人自由行動，該說是會引發對社會來講很麻煩的事情嘛，或者說並不是正確的選擇。」

這說明就跟六花的發言一樣讓人摸不著頭緒。九郎也露出苦笑配合她說道：

「真要說起來，搞不好應該是我們被六花小姐逼到絕路了。」

和幸還是完全搞不懂狀況。不過至少可以感受出這兩個人是真的為了六花傷透腦筋。而且這兩人同樣看起來不像什麼壞人，也正因為如此讓和幸覺得不好意思繼續追問下去了。

九郎接著表情認真地詢問和幸：

「請問六花小姐有提過什麼關於她今後行動的事情嗎？就算只是模模糊糊的內容也沒關係。」

和幸猶豫地瞄著岩永，在不構成撒謊的程度下有點含糊回答：

「她是有說過住在這裡可以讓她靜下來思考今後的對策，不過我並不知道詳細如何。」

總覺得或許不要再講得太深入比較好的和幸也對丸美使了個眼色，示意她最好別將六花想要讓這位堂弟與這位叫岩永的女孩分手的事情講出來。這並不是說要偏袒六花，只是他覺得這不是可以隨隨便便告訴對方的內容。

九郎似乎還想問下去，但或許是判斷勉強對方回答只會得到反效果的緣故，而把張開到一半的嘴又閉了起來。

岩永大概也沒有繼續追問和幸他們的意思，只是有點埋怨似地嘟起嘴巴。

「這次是多虧她逗留在同一個場所很長一段時間，才讓我們可以找到她的。但她下次肯定不會再犯同樣的錯了吧。實在很麻煩呢。」

她接著又重新挺直身子，向和幸遞出一張名片大小的紙片。

「今天真是謝謝你們了。如果關於六花小姐有再想起什麼事情，就請聯絡我。另外如果遇上什麼問題也歡迎隨時找我商量。」

紙片上除了電話號碼與電子郵件信箱以外全部空白，給人一種極為事務性的感覺。和幸雖然收了下來，不過要說到想商量的事情，現在就有關於六花之前住過的三零五號房的那件事。

岩永大概是察覺出和幸的想法而看向天花板，示意著公寓的上層並態度爽朗地繼續說道：

「就目前來講，你遇到的問題應該就是六花小姐之前住過的那間凶宅吧。請放心，那房間本來就沒有什麼幽靈或詛咒之類奇怪的東西。只要別租給感覺會自殺的人住進去，同樣的事情就不會再繼續下去了。」

眼前這位可愛的女孩如此輕易就斷定那房間「什麼都沒有」讓和幸與丸美都忍不

住眨了眨眼睛。

岩永則是對兩人那樣的反應不以為意，繼續說明：

「最初的自殺者很明顯就是抱有自殺理由的人，第二個人則是精神衰弱，同樣是就算自殺也不奇怪的人。之所以會連續發生自殺事件，一方面跟房租便宜等等因素也有關係，只不過是稍微不幸的偶然罷了。」

這是六花也提過的解讀，但接下來才是問題的重點。和幸對於岩永篤定的說法雖然感受到某種魄力，但還是提出反駁：

「可是第三個人就沒有那麼單純了吧？第二個自殺的女性的前男友為什麼要特地跑來租這個房間，然後三個月後自殺了呢？」

如果這個謎題得不到合理的解釋，就只能認為三零五號房果然是一間自殺房了。

結果岩永卻態度輕鬆地說道：

「那是因為那個男性膽子很小，覺得自己必須好好確認清楚才行呀。」

聽到這樣前後沒有脈絡的解答，和幸與丸美都頓時不知如何反應才好。岩永則是對那樣的兩人繼續流暢解釋：

「如果自己狠狠拋棄的前女友在三個月後自殺，那位男性就算在法律上無罪，應該也會遭到周圍人的指責，被人冷眼對待吧。或許前女友的家人還會對他說什麼怨言呢。」

這推測很有道理，於是和幸決定姑且繼續豎耳恭聽了。

「畢竟是男女間的感情事，就算是基於什麼正當的理由分手，女方搞不好也會因為過度的臆想而覺得自己是遭到對方狠狠拋棄的。然而從狀況來看，會讓人覺得女方尋死的原因大半出在男方身上也是事實。這樣的事實對於一般人的精神上應該會造成很大的負擔吧。站在那位男性的立場來看，就算周圍的人什麼話都沒講，也沒有要責備他的意思，他還是會有一種自己遭到責備的感覺。即使表面上裝得什麼事也沒有，普普通通地在過生活也一樣。」

「哎呀，這麼說也是。除非是什麼感情遲鈍的人，否則應該無論如何都會由於罪惡感造成心理上的負擔吧。」

和幸對岩永的講法表示同意，不過丸美卻一副正因為如此才更無法明白似地反駁：

「既然如此，他應該更不可能會住進前女友自殺的房間吧？那樣不是會讓罪惡感變得更深嗎？」

結果岩永彷彿在同情那位男性似地露出微笑。

「所以才會說那位男性覺得自己必須好好確認清楚才行呀。確認前女友的死並不是因為自己，而是因為她住的房間。正因為心中的罪惡感，讓那男性想要尋找一個可以轉嫁責任的對象。」

轉嫁責任。和幸與丸美聽到這句話，異口同聲地「啊」了一下。

「那位女性過世的時候，是不是由於自殺事件連續發生而開始流傳起那間房間或許有什麼壞東西的謠言了？認為那房間有什麼超自然的力量影響，會把住戶引導向自殺的結局。像這類的謠言經常會被加油添醋，也容易被誇大。例如那房間其實從以前就連續有人自殺，或是死者的毛髮被埋在牆壁或天花板之類的。」

「嗯，我也有聽過跟那類似的傳言。」

丸美驚訝地點了好幾下頭表示同意。岩永透過眼神對她致謝，並繼續說明推論：

「那位男性聽到這樣的謠言，便認為前女友自殺是因為房間的問題，那麼自己或許就能迴避責任了。於是他為了確認那個房間是否真的有什麼靈異存在出沒，才會故意住進去的。」

對於陷入那種心境的男性，和幸也不禁有種同情的感覺了。

「雖然就算真的有什麼靈異存在，也不知道那位男性周圍的人會不會相信。不過對那男性本人來說只要親身體驗過，他就能確信『女友自殺不是自己的責任，而是被那東西害的』了。如此一來他在心情上也能輕鬆許多吧。因此他本來打算只要確認了究竟是什麼樣的靈異存在，就立刻搬離那個房間。」

對於岩永這段假說，丸美感到傻眼地插嘴詢問：

「什麼確認，要是知道了那種東西真的存在，不是反而比較恐怖嗎？」

「對於依附在房間的靈異存在只要離開房間應該就沒事了。可是心中的罪惡感卻會永遠追隨自己，無法擺脫。而且還會感受到自己受周圍的人責備。恐懼的對象會因人而異。至少對當時那位男性來說，罪惡感或許比靈異存在更可怕吧。」

雖然有點顛倒常理，但也不是無法理解。

可是如此一來又會出現讓人在意的問題了。

「既然如此，為什麼那位男性最後會自殺呢？既然他原本打算如果發現有什麼靈異存在就立刻逃離房間，應該就沒有理由被逼到尋死……」

和幸說到一半，卻很快被岩永打斷了。

「剛好相反。正因為那房間什麼都沒有，即使住了三個月也沒發生過一丁點靈異現象，所以那位男性才被逼到尋死了。正因為什麼都沒有，所以更加確定了那位前女友的自殺不是因為房間的問題，而是那位男性所害。結果那位男性的罪惡感變得更深，最終讓他的心靈無處可逃了。」

和幸與丸美聽到這段話，同時「哦哦」地發出恍然大悟的聲音。

岩永則是彷彿感到滑稽似地繼續說道：

「本來是為了尋找轉嫁責任的對象而搬進了那個房間，卻看到了那房間中其實什麼也沒有的現實。也就是說自己拚命推向遠方，不願正視的罪惡感這下卻一口氣加倍回到自己眼前。會選擇尋死也是難免的吧。」

和幸抱著全身虛脫般的心情忍不住高聲說道：

「他不是因為房間有什麼異常而自殺，而是因為沒有異常才自殺的嗎！」

「對。他之所以沒有留下遺書，可能是因為他在精神上已經沒有那樣的餘裕，或者搞不好是想要藉由沒有遺書而死的狀況，讓周圍的人覺得他同樣是被房間裡某種靈異力量逼到自殺的。為了讓大家認為這房間有那樣的力量，那位前女友會死也是因為這個原因，跟他無關。也就是為了讓自己至少在死後不用為了這件事遭人責備，所做的最後抵抗吧。」

聽到這段說明，丸美頓時皺起眉頭。

「真是死纏爛打呢。居然藉由自己故意死得離奇，讓人感覺到實際上不存在的東西，而想要多少逃避自己的責任。」

和幸也跟丸美抱有同樣的感想，不過岩永並沒有袒護那位男性，而是提出了另一種思考角度：

「或許是那樣，但那位男性的家屬原本尷尬的立場可能也因此多少獲得減輕了。他不但害一名女性尋死，到最後自己也自殺了。這樣的狀況對於遺屬們來說想必很難受吧。所以男性為遺屬們準備了一條退路，也可以解釋成是他最後的一點心意。畢竟他本人就是因為被逼到沒有退路而只能尋死了。」

也不知道岩永到底是心腸好還是態度公平，最後對解謎做出了這樣的總結。然後又笑著補充說道：

「哎呀，這也可以說是『相信什麼幽靈或妖怪絕不會有好下場』的標準範例吧。」

雖然這結論毫不留情，但從警惕人的角度來看說得很有道理。只是不知道為什麼，坐在岩永旁邊的九郎卻深深嘆了一口氣。

在公寓前的道路上，和幸與丸美目送著岩永和九郎漸漸遠去。那兩人解開三零五號房的謎團之後就彬彬有禮地向和幸與丸美道謝，離開了房間。

等到已經看不見那兩人的身影後，和幸雖然覺得沒什麼自信，但還是為了聽聽看並肩站在身旁的丸美的意見而試著說道：

「那兩個人，看起來感情很好吧？」

丸美也露出沒什麼自信的表情同意說：

「嗯，尤其是那位堂弟，感覺很寶貝那位岩永小姐呢。」

「不管坐下還是站起來都時候他都會若無其事地注意對方，尤其小心跟對方的距離。」

「可是岩永小姐就很惡質呢。」

「確實很惡質。」

唯有這點和幸可以毫不猶豫地下定論。雖然跟六花描述過的惡質感屬於不同種類，但那女孩毫無疑問很惡質。

丸美接著露出更加沒有自信的表情。

「櫻川小姐真的只是因為堂弟被那女孩搶走而在嫉妒而已嗎？我總覺得那位堂弟就算跟岩永小姐在一起應該也不會陷入不幸呀。」

「誰曉得？即使現在看起來沒問題，誰也不知道將來會如何。」

和幸也沒有辦法得出一個明確的答案。

「或許我們不要隨便介入其中比較好吧。」

岩永與九郎正一起從公寓走向最靠近的車站。雖然房屋簡介上說是走路七分鐘，但如果是岩永的腳走起來又是如何呢？通常租屋廣告上都不會標明如果左腳是義肢的狀況走路到車站要多久的。

「關於那個凶宅的說明，妳說的是真的嗎？」

就在岩永想著關於不動產廣告的事情，而後方的人影遠到看不見的時候，九郎對她如此問道。畢竟兩人已經交往了很久，從聲音就能聽出對方心中有幾分確信，於是岩永老實回答：

「在情報有限而且沒有事前準備的情況下，是沒辦法得出真相的。第三個自殺的男性搞不好是個感情非常遲鈍的人，即使前女友死了也完全不在乎，只是看到房租便宜就開開心心搬進去了而已。也可能是他遭人詐騙，才被逼到只能自尋死路，然後家屬們覺得太丟臉而故意不把這件事情告訴別人的。」

如果真有那個意思，岩永甚至可以想出三、四個講得通的假說。

「我剛才提出的只是與事實沒有矛盾，而且最容易被人接受又不會在事後感到不愉快的假說而已。畢竟在那狀況下真正需要的，是能夠讓公寓的管理人消除心中不安的說明呀。」

「我就在想應該是這樣。」

能夠在短時間內做出那樣恰到好處的對應，本來應該值得被誇獎的才對，可是九郎卻好像覺得這種做法會不會有點類似詐欺的樣子。

對於男友這樣的見識，岩永才真的要提出糾正：

「而且我並不是隨便講講的喔。那房間是真的沒有什麼怪東西依附。今後也不會有發生怪事的可能性。」

因此岩永可以說是做到了最佳的對應。九郎也應該要事先就明白這點才對。

「說到底，六花小姐住的房間怎麼可能會有什麼幽靈、妖怪或是詛咒嘛。就算真的有那種存在依附，也只會反被六花小姐嚇得逃出去，那樣我應該就會更早得到她住在那個地方的報告了呀。」

六花跟九郎一樣由於吃過人魚和件造成的影響，成為了即便是妖魔鬼怪們也會害怕的存在。因此就算原本真的有什麼凶惡的妖魔鬼怪霸占在那個房間，肯定也撐不到半天吧。再說，雖然凶宅中真的有那類東西依附的案例確實存在，但大半的情況其實都是想太多或穿鑿附會罷了。

「必須快點制止六花小姐才行啊。」

九郎這時小聲呢喃。關於這點岩永也感到同意，不過同時有另一件事情讓她感到在意。

「話說六花小姐在那邊究竟是怎麼形容我這個人的呢？我想絕對是描述得很惡質吧。」

從公寓中那兩人對岩永的眼神看起來，肯定是被六花灌輸了什麼負面的印象不會錯。

然而九郎在這種時候也依舊不袒護岩永。

「我覺得天不怕地不怕的妳是真的很惡質喔。」

「我好歹也是有害怕的東西呀。」

「例如說？」

「例如說，半鐘就不好，會把事情搞砸的。」

九郎聽到這回答不禁皺起眉頭想了一段時間，最後開口說道：

「那是『火焰太鼓』嗎？」

沒錯。這同樣是引用自出名古典落語的最後笑點。

「不愧是九郎學長，跟六花小姐就是不一樣。」

九郎果然很有素養。然而他對於岩永的回答卻似乎不太滿意的樣子。

「就叫妳不要用落語的笑點含糊帶過問題啊。那種對話技巧根本一點也不高等好嗎？」

「男女之間還是要保持一點祕密比較能順利發展喔？」

岩永最後用一副真的像女生般的態度如此敷衍過去了。

第三章　為了明天

八月結束的某一天，大學生天知學隱藏著心中的困惑，坐在飯店最頂樓某間中華料理店的包廂桌前。就在幾天前，他忽然接到一通平時根本沒怎麼在聯絡的舅父打來的電話，問他能不能見面吃個午餐順便討論一點事情，內容不方便在電話裡講等等。在這樣半強迫的邀約下，學只好前來赴約，但即使到現在他還是想不到自己會被叫來的理由。

「不好意思啦，感覺好像忽然把你叫出來一樣。」

坐在對面座位的舅父藤沼耕也大概也有自覺這場邀約不太禮貌且莫名其妙的關係，帶著苦笑如此說道。

「舅舅你百忙中抽空才真的辛苦了。我們應該兩年沒見面了吧？我記得上次見面是我還大一的時候。」

學的印象中耕也的年紀已經將近六十歲。從外觀看起來則是年輕許多，就算說是四十歲應該也有人會相信，不過既然是自己母親的哥哥，至少不可能比母親年輕。體格比壯碩高大的學還要再大一些，長相也很精悍，年輕時自然不用說，即使是現在應該也可以說是很吸引女性目光的容貌。

學聽說過耕也是在經營一家全國規模的中古車販售公司，相當忙碌。而這兩人之間頂多只有在家族聚會的時候打個招呼聊聊閒話的程度，因此互相應該都沒有熟識到會有什麼事情需要私下見面才對。

耕也嘆了一口氣。

「兩年啊，已經那麼久沒見面了嗎？母方的親戚大概也就是這樣吧。」

來點菜的店員離開後，學為了避免尷尬的狀態持續下去而把話題帶到了見面的主題：

「請問那位母方的親戚特地找我見面是有什麼事呢？」

耕也大概也覺得繼續拖下去沒什麼意義，於是立刻語氣認真地回應：

「我記得你是私立瑛瑛高中畢業的對吧？你知道岩永琴子這個人嗎？」

聽到對方如此唐突地說出對學來說恨不得從記憶中消除的這個名字，讓學忍不住用呆傻的聲音回問：

「岩永琴子？」

耕也則是對這名字好像感到有點棘手似地補充說明：

「你至少應該有聽過吧？就是那個岩永家的千金。小時候不知被什麼人綁架，失去了一邊的眼睛和一隻腳的那個。」

學何止是聽過而已，光從這個名字就會讓岩永那嬌小而冰冷、有如西洋人偶般的外貌清楚浮現在腦中。鮮明到讓人厭煩的地步。

在耕也眼中大概是覺得學的反應有些遲鈍，於是又進一步強調：

「她比你小一歲，同樣就讀過瑛瑛高中。那女孩在這種意義上都很出名，在學當時你應該也有聽說什麼傳聞吧？我正在收集關於她的情報。就算是她喜歡的食物或喜好的異性也好，如果你認識誰當時跟他同班就更好了。」

舅父認真嚴肅的態度讓學忍不住開始擔心，那個岩永琴子該不會又搞出了什麼事情吧？

不過學擔心的對象並不是岩永，而是舅父就是了。

店員將剛才點的烏龍茶與前菜的海鮮沙拉端上桌並離開後，學不禁覺得「為什麼自己都已經高中畢業而且大學生活順遂的時候又要跟那個岩永琴子扯上關係？」而帶著沉重的心情詢問耕也：

「如果需要關於她的情報，與其收集不確切的謠言傳聞，不如去委託調查公司不是比較好嗎？憑舅舅的身分應該知道什麼可以信任的公司吧？」

結果耕也稍微壓低了聲量：

「你不曉得嗎？關於那女孩有一些奇異的傳聞。要是對岩永家相關的事業或經營公司冒然出手就會倒大楣；相反地，如果向岩永家尋求指點就會一切順利。尤其是原因不明、類似超自然現象造成的不祥問題，都能徹底解決到讓人害怕的程度。而且據說在那背後必定有岩永家的千金在暗中牽線。」

「這樣啊。」

這類的傳聞學也有聽過幾次，不過現在聽到一個知名公司的經營者用如此嚴肅的神情講出這樣的話，讓學如今才體會到那個女孩真的是屬於別扯上關係為妙的類型。高二時的自己實在是太愚昧了。

耕也沒有理會學那樣的心境，繼續說道：

「因此從以前就有許多人嘗試對那位千金進行調查，但據說總是會被抓包。別說是尾隨跟蹤了，就連只是到她去過的場所打聽情報，隔天就會被她發現是哪間調查公司在誰的委託下調查她的事情。」

雖然內容可能有點加油添醋，不過應該是有發生過類似的事情吧。學有聽說過岩永家雖然歷史很久，但參與的事業或經營規模並不算大。基本上都是腳踏實地一步步發展，不會強硬擴大事業版圖。因此不會豎立仇家，但也不會允許別人侵犯自己的領域。

耕也接著搖搖頭。

「也因為這樣，正常的調查公司都不會接受這種委託了。至少據說如果針對她現在的狀況進行調查就肯定會被抓包的樣子。我也不希望在事前讓她留下不好的印象，可是又想要情報。所以只能像這樣透過身邊認識的管道收集一些傳聞而已。」

「事前」這個表現讓學感到有些在意，但還是不要介入太深或許比較好。至少舅父應該不是抱著隨便的心態在調查岩永琴子的。

既然如此，學決定把自己所知的情報中最有意義的部分講出來了：

「關於岩永我是知道一些事情啦。畢竟她以前是我擔任社長的推理研究社的社員。」

「什麼！那是真的嗎！」

大概是以為可以得到預期以上的情報，耕也頓時面露喜色。然而學並不是為了讓舅父開心而把這件事情講出來的。

「因此我要勸告您，最好不要跟她扯上關係。尤其如果想騙她或利用她，絕對不會有好下場。我以前就因為這樣吃過苦頭。」

雖然對學來說其實並沒有遭受過什麼實際傷害，反而是因為岩永而得救的事例還比較多，但就印象來講他還是有這樣的感覺。

「當時推研社面臨廢社的危機，因此我試圖讓岩永入社，藉此撐過難關。」

學向耕也描述起自己過去的失敗經驗，也就是他高二時六月的那件事。

大致描述完後，學帶著苦笑總結：

「就這樣，我的企圖很快就被她看穿，遭到她反擊了。」

耕也雖然深感興趣地聽完學的描述，不過最後疑惑歪頭。

「但是她終究還是加入了你的社團吧？那不就算你贏了嗎？」

「是的，多虧她的加入，後來又有兩名一年級生入社，也讓社團擺脫了廢社的危機。我與當時的女友也變得能夠公開交往，就結果來說我的目的全都達成了。但是岩永的入社並沒有必然性，她卻故意順了我的意思。我無法理解她那麼做的意圖，結果好一陣子都不得不對她保持警戒了。」

正因為社團得以順利發展，反而更讓學有這樣的感受。

「她每週會來社團三天，下雨的日子還經常會坐在窗邊睡覺。不但不會打擾社團活動，而且她似乎原本就對推理小說很熟悉的樣子，以一個社員來說是沒什麼好挑剔就是了。」

學就這樣開始描述起岩永加入推研社，暑假過後發生過的某件事情。

兩位新社員是在七月初的時候入社的。學本來對他們不抱太大的期待，然而那兩人即使暑假過後也依然會到社團教室來討論推理小說或是借書，積極參與社團的活動。學因此疑惑那樣的學生為什麼之前都沒有來入社，結果才知道那兩人雖然都很喜歡推理小說，對外國作品與古典作品也很有興趣，可是之前甚至連推理研究社的存在都不曉得。

後來是因為岩永琴子入社才讓他們知道了社團的存在，覺得充滿神祕的岩永會入社的推研社應該有什麼內幕而跑來社團教室稍微瞧瞧的。換言之，這算是岩永琴子的功勞。

而且當那兩人到社團教室來的時候，當時同樣在社團教室靜靜讀書的岩永便親切邀請他們入社了。或許那兩人因此明白在社團也可以跟岩永講話，得到了某種安心感，因此當場決定入社了。

這兩名新加入的社員分別是名叫秋場蓮的男生與名叫風間怜奈的女生。以社內男女比例來說雖然是女性較多，不過學在這個時間點還無法判斷究竟可以將岩永視為多正規的社員。至於另外一名女生叫小林小鳥，是學的女友。

蓮與怜奈的外觀都給人一種讀書家的感覺，蓮的個性上比較懦弱，而怜奈比較強勢，或許在社員特質上可以取得一種平衡。加上學的長相嚇人，小鳥則是感覺可愛，讓社團整體的印象不會太偏頗，也算是好事吧。

然而如此一來有如人偶般的岩永在社內就會顯得特別突出了。雖然也無法否認岩永已經變成推研社的招牌就是了。

後來到了九月中的某一天，岩永依舊一副理所當然的來到社團教室，搬了一張椅子坐在窗邊，將紅色拐杖靠在一旁讀起書來。

而這天所有社員們偶然到齊，除了岩永以外的四個人一起討論著最近出版的推理小說。不過就在這個話題告一段落的時候，怜奈提起了一件事：

「呃，我班上的女生今天來找我，說是有件事情希望找推研社諮詢一下。」

「哦？」

學聽到是指定要找推研社諮詢事情而感到興趣，除了岩永以外的社員們也都把注意力放到怜奈身上。

怜奈雖然因為被大家關注而稍微畏縮了一下，但還是開始描述起來：

「上個禮拜六，那女生和社團的朋友五個人偷偷進入了位於郊外的一棟廢棄醫院。」
「就算是廢墟也算非法入侵啊。到底有什麼好玩的。」
學認為那根本只是風險很高的行為而感到傻眼無奈，不過小鳥倒是對那行為表示理解：
「我記得那地方好像有人說是靈異景點吧？」
「對。她說他們雖然並不是真的相信那種事情，不過覺得如果是真的或許會很有趣，所以抱著很輕鬆的心情去一探究竟的。」
怜奈如此說道，然而她的感想似乎也覺得那行為很愚蠢的樣子。蓮則是露出苦笑：
「畢竟有些人之間流行到那種場所拍照或拍影片起鬨。可是如果真的拍到什麼奇怪的影像應該會非常慌張就是了。」
「真讓人懷疑神經正不正常。」
對學來說只有這樣的感想，不過蓮、怜奈與小鳥的意見似乎覺得雖然自己不會去做，但感情上多少可以理解那種行為的樣子。
怜奈接著說道：
「然後他們在廢棄醫院中並沒有發生什麼事情，很正常地回來了。可是到了隔天其中一個人就變得臥病在床，到今天已經過了三天還沒來上學。而且本人似乎也不知道是什麼原因感到難受，覺得身體沉重又有寒意的樣子。」

聽到這邊感覺已經有點不能隨便用玩笑帶過的程度了，但這跟找推研社諮詢又有什麼關聯？

「因此我同學覺得那個朋友可能是在廢棄醫院被什麼東西附身，而想問問看看有沒有什麼辦法可以解決。」

怜奈如此說完，最後一臉感到抱歉似地看向學。

學雖然感到無奈但還是回應道：

「我們是推研社。那種事情去找神祕學研究社之類的社團吧。」

「我也是這樣想呀，可是……」

怜奈用眼睛示意坐在窗邊一副事不關己地讀著書的岩永。小鳥與蓮頓時「哦哦」地做出理解的反應，學則是當場有種想抱住頭的感覺。

岩永琴子擁有跟靈異相關的神祕力量，這樣的謠言煞有其事地在學校流傳著。瑛高中雖然也有研究神祕學的社團，但聽說他們甚至誠惶誠恐地不敢邀請岩永入社的樣子。

學接著搖搖頭。

「這個問題的說明根本不需要什麼靈異或怪異解釋。在這種太陽下山後還很炎熱的夜晚，如果穿著輕薄到廢墟亂逛自然會被蟲咬，也會吸到髒灰塵，那麼就會感染到不好的細菌。得病的因素要多少都有，五人之中有一個人病倒也一點都不奇怪。這時候如果又覺得自己是被惡靈附身，就會搞得精神上也變得衰弱，一段時間請假不來學校也是有可能的。」

「阿學，你又在講那種一點都不有趣的解釋了。」

小鳥像是在挖苦學似地如此吐槽。

「我就說這叫合理性的解釋。推研社就是這樣的社團啊。」

這個時候學和小鳥已經公開兩人在交往的事情了，因此就算用名字稱呼也沒有問題。不過小鳥根據狀況場合還是會稱呼學為「社長」，而學也會用姓氏「小林」稱呼小鳥。

「可是正統推理小說中也有『其實那個人物是亡靈』或是『犯人是魔女』之類的作品嘛。」

蓮就像在幫忙打圓場似地如此說道。確實過去是有那樣的前例，當中也有被稱為知名作家代表作的作品。

「那是在大多數的推理小說都走在正路上的狀況時少數出現那樣的作品才會被原諒。要是那樣的設定成了理所當然，『推理小說』這個領域就會變得莫名其妙了。那種作品終究只是例外，不能當成像常例一樣來講。」

至少不應該把那種作品當成標準或範例。學雖然在心中呢喃自己並非腦袋不靈活或是正統原理主義者，但總覺得這講法會被批判思考太古板而讓他心裡不是很舒服。

怜奈態度上感覺也不是自願想把這種話題帶到社團來討論似地說道：

「社長的講法很有道理，可是既然對方是要找社團諮詢，我也不能擅自拒絕呀。而且那位朋友請假沒來學校是事實，我同學也感到很毛。我也是有向同學說過類似社長那樣的解釋。」

但想必是沒有被對方接受吧。

學壓抑著想要咋嘴的心情，把手放到嘴前。

「真棘手啊。但又不能放著不管。」

當初學完全沒有預想到讓岩永入社會帶來這樣的副作用。

就在這時，默默讀書的岩永保持著姿勢落落大方地插嘴說道：

「什麼幽靈還是怪異現象的，為什麼大家會相信那種東西呢？」

「這話輪得到妳來講嗎？」

岩永的存在就是會讓人強烈聯想到那樣的東西。

那樣的岩永依舊把視線放在書本上，翻著書頁愉快回應：

「簡單講，只要能提出一個讓那位同學可以接受，又能消解心中恐懼感的合理解釋就行了。而提出那樣的解釋不就很符合推研社的性質了嗎？」

雖然岩永的發言很有一副推研社社員的感覺，但學怎麼也無法坦率接受。

岩永接著講了起來：

「像這樣的邏輯如何？那個人並不是因為去過靈異景點所以請假沒來學校，而是為了請假不來學校而去了靈異景點。」

學對於這樣很有推研社感覺的邏輯思考頓時有種不太甘心又被趁虛而入的心情，

不禁開口回應：

「逆向思考啊。」

其他社員們再度注視岩永，而她本人則是露出微笑。

「那位朋友基於某種理由即使過了週末也不想來學校，可是又不想讓其他人知道那個理由。例如說因為被男朋友拋棄而心神受挫，想關在家裡不出門，可是用那種理由跟學校請假又很丟臉，也不想受人同情。或是正在玩的遊戲剛好到了重頭戲的部分，不惜向學校請假也想繼續玩下去，可是如果被人知道自己沉迷遊戲又感覺很丟臉等等，可以想到的理由有很多。畢竟青春期總會很在意別人的眼光嘛。」

如此解說的岩永本身應該也正值青春期，可是在大家視線注目下卻感覺一點都不緊張，語氣流暢地繼續說明自己的假說：

「尤其對於升上高中後剛交到的朋友，應該會不太想講到過於深入而私人性的事情吧。畢竟對方搞不好是個神經大條的人，會把事情到處宣揚。因此那位朋友必須製造一個不來學校也不奇怪的假理由。而就在這時大家討論要去成為靈異景點的廢棄醫院探險，那位朋友便想說要利用一下了。」

「如果是那樣，只要說自己感冒臥病在床不就夠了嗎？」

小鳥畏畏縮縮地如此反駁，但岩永似乎早已想到會有這種疑問的樣子。

「那樣的話搞不好需要演戲假裝自己感冒，而且要是有人說要來探病也很麻煩。不過像現在這種理由的話，其他人就會因為覺得心裡很毛而猶豫該不該去探病，也會少打電話吧。」

尤其是一起去過廢棄醫院的成員們應該就會有這樣的心境。

「而且下次來學校的時候，就算表現得什麼事都沒有，也只要說自己往身上灑灑鹽巴好像就趕走了附在身上的惡靈之類的。周圍的人也會覺得既然感覺已經沒事，就不要深入追問太多了。」

岩永如此說著，嘻嘻笑起來。

「會覺得靈異景點有趣的前提是沒有實際發生什麼問題。要是身旁出現真的發生問題的人，大家就會暫時避開討論那樣的話題。如此一來那位朋友就能順利隱瞞自己不來學校的真正理由了。」

這假說聽起來比學的解釋有趣，而且也講得通。

岩永這時抬起臉，看向怜奈。

「妳只要這樣跟那位同學說明，對方應該就會放心了吧。然後妳或許也要提醒對方，要是那位朋友若無其事地恢復上學也不要特別去追問理由會比較好。畢竟把朋友想要隱瞞的事情挖出來也很無情，而且搞不好那個理由比想像中的還要沉重，或許會窺視到那個朋友心中的黑暗面。」

「呃、嗯。」

在岩永語氣溫和的指示下，怜奈神情警張地點頭回應。

岩永對她那樣的反應似乎感到滿意，於是又把視線放回書本上，並且一副問題已經解決似地輕鬆作結：

「那位朋友搞不好到了後天，就會像是什麼事情也沒發生過一樣來上學了吧？」

一邊吃著端上桌的北京烤鴨一邊描述到這邊的學接著吐了一口氣。舅父耕也則是感到佩服的同時，似乎還是對岩永沒有抱持決定性的恐懼般說道：

「真是個腦袋機靈的姑娘。而且好像也不相信什麼幽靈的樣子。」

「這也很難講。然後到了兩天後，事情真的就像岩永所說的那樣了。」

當時的學也有預想到這樣的可能，讓心中怎麼也無法平靜。

「接受諮詢的那位社員隔天就把岩永的假說告訴了同班同學。然後再隔天，關鍵的那位朋友據說真的一副什麼問題也沒有似地來上學了，說是身體狀況忽然恢復什麼的。而那位同班同學也聽從岩永的指示，對於朋友請假的理由沒有再多問什麼，只是笑著說世界上怎麼可能會有什麼惡靈之類的樣子。」

社員們也因為事情完全如岩永的預測收場而多少感到有點不自然，但還是覺得「這種事情也不是不可能吧」並決定不要想得太深了。

耕也的表情看起來似乎同樣覺得未免太過巧合，但還算是常識範圍內的樣子。

「就算單純只是身體不適也應該差不多在那時候可以恢復狀況，因此只是偶然吧。」

「岩永當時也是那麼說的。到頭來，她的假說究竟正確到什麼程度根本沒有人知道，畢竟她一方面也有預先引導大家不要去追究真相。」

「哦哦，她在這點上也處理得很好啊」

或許是由於再度明白了岩永腦袋機靈的一面，耕也看起來有點情緒低落的樣子。學接著把話題又帶回過去。

放學後，社團教室裡只有學和小鳥兩個人。像這樣其他社員們各自有自己的事情，結果讓他們兩人獨處的日子當然也是可能會碰到。當遇到這種時候，他們就會保持打開教室的門，最起碼證明即使是男女朋友在社團教室也沒有做什麼虧心事。

「那件諮詢呀，應該是岩永同學在背地裡做了什麼吧？」

小鳥用掃把清掃著教室地板的同時，提起了怜奈帶到推研社來獲得解決的那件問題諮詢。雖然對學來說是很想避開這個一不小心可能就會遭惹麻煩的話題，但小鳥或許是希望把心中的疑惑好好講出來兩人討論吧。因此學一邊擦拭著小鳥的身高擦不到的櫃子上和窗戶上緣一邊回應：

「做了什麼的意思是？」

「例如說那位朋友是真的被什麼奇怪的惡靈附身，而岩永同學靠勸說讓那惡靈離開，所以那朋友恢復了健康之類的？」

這是最簡潔明瞭的解答了。其實學的腦中也有浮現過這樣的想法，但他覺得實在太愚蠢而立刻否決了。

「不要把幽靈實際存在當成前提。要那樣講的話，說是岩永派遣了什麼名醫去治療那個朋友並且叫對方不要講出去還比較有可能。」

如果可以把什麼幽靈之類不確實的存在都套入解答，那麼這樣的解釋也同樣可以成立了。

「那才真的不可能呢。岩永同學又沒有義務做到那種程度。」

「那她也沒義務去勸說惡靈啊。」

不管怎麼說都是給自己徒增麻煩事，而且岩永應該也不是那種看到有人遭遇問題就會主動幫忙的老好人。畢竟她自己都說過她沒有打算在學校跟誰建立私人性的來往，也不會在意別人的目光。遇到這種時候只是坐在椅子上面露微笑地說一句「那個人是自作自受吧」還比較符合她的形象。

學雖然如此認為，但這樣一來又連帶地會冒出另一個疑惑，讓他忍不住停下手說道：

「不過要這樣講的話，她也應該沒義務提出對這個社團有利的假說就是了。」

「什麼意思？」

看來小鳥並沒有注意到岩永那個假說其實是顧慮到各方面的人，尤其對推研社來說是最佳的內容。

「由於她的假說，讓那個朋友不會被追問沒來學校的理由，又讓那個尋求諮詢的同班同學消解了心裡毛毛的感覺，對雙方來說都是到事後不會釀成什麼問題的解決方式。」

「嗯，說得也是。」

「然後由於推研社提出了既合理又有新意的解答，沒有把所謂的幽靈當真，而避開了被人覺得是什麼神祕社團的可能性。要是沒這樣做，今後搞不好會有一群根本對推理小說沒有興趣，只是喜歡怪力亂神的傢伙聚集到這個社團來。到時候現有的社員恐怕會逃掉，也會違背推研社的社團宗旨。」

即便是平常的狀況下都會有人誤以為推研社是一群神祕學愛好者的巢窟。學當初就是為了不要助長那樣的印象，才沒辦法放著那個諮詢不管。

「重點不在於假說是否正確。那可以說是顧慮到各方立場下得出的最佳假說。」

學雖然是後來仔細思考才看出了這點，但如果他這個推測正確，就代表岩永那時候是當場考慮到那種地步並架構出那個假說的意思。

「原來是這樣。岩永同學是甚至考慮到我們社團的將來做出對應的呀。」

小鳥再度感到欽佩似地敲了一下手掌，然而學到是對岩永那深不見底的城府感到胃痛起來了。

「不過那也是那位朋友一如岩永的預想在兩天後健健康康來學校，才發揮出效果的。要是那個朋友到現在都還沒來上學，想必會讓人加深毛骨悚然的感覺，也可能會影響到我們社團的評價。如果岩永是根本不在乎這個社團會如何，隨隨便便提出一個假說而已就算了。但如果不是那樣，就讓人想不通她在這點上是怎麼獲得保證的了。難道是覺得機率很高而放手一搏的嗎？」

小鳥也對這個讓人有點無法理解的部分露出難以釋懷的表情，不久後又帶著幾分的認真態度豎起一根手指。

「果然是她在背地裡做了些什麼嗎？」

「又要回到那個問題上？」

學也不得不承認問題終究要回到這點。而且岩永會在這個社團的理由也同樣讓人無法理解。

「總之，那可以說是雖然最佳但也帶有幾分冒險的假說。然而事情都變得如她所料了。正是這點讓人感到不可思議。另外也不知道她究竟是抱著什麼樣的企圖加入推研社，而且為社團顧慮到那種程度的。其實那個諮詢問題她也是可以裝作沒聽到的說。」

這點比起什麼幽靈更讓人感到可疑而不合道理。學的警戒心只有不斷加深。

就在這時，小鳥露出忽然想到什麼事情似的表情，臉色發青地說道：

「該、該不會是岩永同學對阿學一見鍾情，所以希望為自己喜歡的人幫上什麼忙之類的！如果是這樣就能明白她會入社的理由，也能知道她為什麼會經常來社團教室了！提出有點冒險的假說也是為了讓喜歡的人刮目相看！」

這樣的解讀雖然很符合小鳥身為女朋友的立場，但是學有自信可以完全否定。

「等等。那傢伙看我時即使在笑，眼神深處也是冰冷的啊。」

「岩永同學的右眼是義眼呀。」

「左眼也很冰冷好嗎？」

「也、也可能是她面對喜歡的人會忍不住假裝冷淡嘛！」

「我覺得她是對所有人都很冷淡吧。」

這樣講或許有點難聽，但學就是有那樣的感覺。接著從一旁忽然冒出另一個聲音支援學：

「雖然不到所有人的程度，不過我確實對社長完全沒有興趣呢。」

這聽起來很愉快的聲音來源正是岩永。

「岩、岩永同學！」

小鳥握著掃把整個人彈了起來，然而學倒是連做出反應都覺得懶，只是低頭看向來到社團教室的岩永。畢竟岩永也是社員，放學後會來社團教室是很正常的事情。而且或許是因為教室的門保持敞開，所以學他們才會沒注意到岩永進來的。

即便如此，學還是忍不住想告誡她現身的方式應該可以再有禮貌一點就是了。

「我是不知道妳從什麼部分開始聽到的，不過妳如果可以全部解釋清楚，我會很高興。」

岩永拄著拐杖走進教室，面露微笑把書包放到桌上並拉開椅子。小鳥則是一邊躲在學的背後一邊帶著敵意對岩永說道：

「我、我可不會把阿學讓給妳喔？」

「我就說我對他完全沒有興趣嘛。」

岩永坐到椅子上，表現得打從心底感到麻煩的樣子。然而大概是見到小鳥依然沒有解除敵意的緣故，便猶豫似地皺起眉頭思考了一段時間後，一副不情願地開口說道：

「該怎麼跟你們解釋呢？我其實從中學時代就暗戀著一名男性。」

「妳忽然是在講什麼？」

眼前這個岩永跟「暗戀」這個詞簡直格格不入。她根本不是擁有這種可愛感情的生物吧？

岩永大概是看出學心中這樣的見解，頓時表情不太高興地反駁：

「我的意思就是說我有其他喜歡的對象啦。那個對象現在是個大學生，而且已經有女朋友了。是個年紀比他大，身材高挑又看起來很成熟的女性。」

「嗚哇！感覺根本沒有勝算呢！」

小鳥說出這樣率直又毫不留情的感想。確實，如果那個男性已經有女朋友，而且可以說是跟岩永完全相反的類型，那麼岩永的勝算想必幾近於零吧。畢竟岩永的年紀比對方小，個子嬌小又看起來像小孩子。

岩永或許也有自覺，而表情苦澀地繼續說道：

「因此從現況判斷，就算我向對方告白也只會遭到拒絕，而且搞不好會讓對方留下不好的印象。只能默默等待對方跟那個女人分手。即使聽到謠言說那兩人已經訂下婚約，我也只能等待！相信我也會有機會的可能性！」

如果已經到訂下婚約的階段，根本不是有沒有勝算的問題了吧。但既然岩永本人還相信自己有可能性，刻意否定她感覺也很不識趣就是了。另外，學即使聽到這邊，還是搞不懂岩永究竟想表達什麼。

「那跟妳加入這個社團的理由有什麼關聯性？」

岩永依舊不太情願似地回答：

「我的意思就是說，正在等待那樣渺小的可能性時如果還去妨礙別人的感情路，感覺在因果報應之下不就會讓我的感情無法實現了嗎！不就會讓機會永遠不會到來了嗎！」

「嗯，那種人是不可能得到戀愛之神的眷顧的。」

或許是身為戀愛少女的緣故，小鳥對於這點也表示贊同。這麼說來，印象中岩永當初入社的時候就有說過妨礙別人的感情路很可怕之類的發言。原來那並不是隨便敷衍，而是一部分的真實。

「所以我期待著如果多積一點戀愛方面的功德，或許就能有所回報。因此才會為了身為情侶的社長與小林同學加入社團，並且為了讓你們感情發展順遂，還盡量想辦法讓社團延續下去的。」

岩永至今為止都不太願意講出自己的真心話，但這次大概是認為自己要是被小鳥誤會，可能會妨礙到她的感情路，所以判斷要累積善行的樣子。

「我倒是覺得光是在心中期待一對情侶分手，就已經會被戀愛之神捨棄了。」

對於學這樣正常的疑惑，岩永卻一臉得意地反駁：

「神的倫理不是用人類的尺度可以衡量的東西。」

這種彷彿她自己是神明一樣的講法雖然讓學感到有點火大，不過他更不禁覺得至今那樣警戒岩永的自己實在滑稽無比。

「簡單講，妳終究是為了自己的利益而加入這個社團的？」

「沒錯。因此你們沒有必要感謝我。而且為了讓我積功德，我反而希望你們積極找我諮詢戀愛方面的問題。」

岩永一如往常地露出有如人偶般難以看透心思的微笑，重新坐回椅子上。小鳥似乎因為剛才這段吐露心聲而提升了對岩永的親近感，但學依然感到無法釋懷。

「可是我總覺得妳這個人應該是與其拜託神明不如自己在暗地裡動手腳讓那兩人分手的類型啊。而且不擇手段。」

「妳究竟是把我想成什麼樣的人了？」

就是那樣的人。

岩永大概也覺得客觀上來看自己會被人那樣認為也是沒有辦法的事情，於是承認學的講法的同時回答道：

「我當然也是有想過那樣的方法啦，可是萬一事後被對方知道不就慘了嗎？唯獨在這件事情上，我是一點都不能冒險呀。」

這句話的涵義聽起來就像她如果有意要做就真的會不擇手段的樣子。學不禁覺得「妳果然有過那種想法嘛」而稍微感到害怕，但同時也莫名驚訝她居然會如此慎重，可見她相當執著於那個暗戀對象。

不管怎麼說，總之岩永會加入社團並且積極幫忙解決諮詢問題的理由這下可以說是搞清楚了。

那麼還有一件事也必須弄清楚才行。

「既然如此，關於之前那件諮詢還有個問題。如果妳是想積功德，就應該不會講那種萬一讓這個社團出問題也無所謂的假說。那個朋友兩天後真的若無其事跑來上學只是偶然嗎？」

學語氣強勢地如此詢問，但岩永沉默了一下後，露出微笑說道：

「誰曉得呢？在這件事情上或許我就有背地裡動手腳也不一定喔？」

到頭來還是會變成這樣啊。真相終究還是這樣被她含糊帶過了。

看著眼前端上桌的點心杏仁豆腐，耕也似乎正試著用常識的範圍判斷岩永這個人，或是認為岩永是個用常識可以理解的人物。

「為了自己的暗戀對象而支援你們的感情，這不是很可愛的女孩子嗎？」

如果只看這點或許可以這麼說吧。可是……

「對一個已經有婚約對象的男性執著一年以上，還偷偷收集對方的情報，期望對方分手的人哪裡可愛了？」

學提出客觀性的事實，糾正舅父的認知。

「而且在她二年級的時候，那個暗戀對象和當時已經快要結婚的女朋友真的分手了。」

耕也頓時表情僵硬，學的聲音也忍不住僵硬起來。

「沒多久後，岩永就跟那個人變得親近，到她三年級的時候兩人就正式開始交往了。」

那個時候學已經從高中畢業，因此這些都是聽小鳥轉述的內容。據說當時岩永到社團教室來都會很興奮，經常提起跟她成為情侶的對象。以前知道事情會如此發展的可能性幾近於零的學聽到這件事情時不僅當場愕然，甚至還感到恐懼顫抖。而小鳥也是一樣。

耕也同樣把挖起一口杏仁豆腐的湯匙懸空停止了幾秒鐘之後，呢喃道：

「那樣確實有點恐怖啊。」

真的很恐怖。事情的發展都一如岩永的期望。

「後來推研社也陸續接過幾件麻煩的諮詢，幾乎都會按照岩永的意思獲得解決。當中也有讓人搞不懂為什麼那麼做可以解決問題的案例。所以說如果抱著什麼企圖接近那樣的人，終究只有被她看穿的份吧。」

對於像舅父這種在商場上打滾過的人來說，這些學生時代的事情或許不算什麼。而且岩永現在也過二十歲，搞不好已經成為一個普通人了。

可是再考慮到跟現在的她有關的那些傳聞，還是不能輕率做出判斷。畢竟人也常說英雄出少年。

耕也表情苦惱地呢喃：

「也就是說不要冒然對岩永姑娘出手的意思嗎？等等，既然她對那個男朋友執著到那樣的地步，那麼只要能拉攏那個男的，或許就能間接操控那位千金？」

聽在學的耳中，舅父這個思考簡直是不要命了。

「我並不清楚她現在是不是還在跟那個人交往喔。就算還在交往，那樣的行為搞不好會觸怒她吧？」

畢竟那等於是對岩永的東西動手的意思。耕也大概也靠直覺感受到那種行為的危險性，頓時皺起眉頭。

「說得也對。感覺她並不是會對這種事情感到有趣的類型。」

對世上所有人都帶著冷笑的她，肯定不會允許自己被人牽著鼻子走吧。當初就結果來看是順了學的意思加入推研社的那件事情中，她也是先插入了一個把學徹底擊敗的步驟。

耕也認真嚴肅地把手臂交抱在胸前。

「這樣聽起來，就算試圖討好她也是很危險的事情嗎？」

學雖然感到有些猶豫，但總覺得不把這點問清楚似乎也不太負責任，於是在這時候詢問起本質上的問題：

「請問舅舅是為什麼想要收集岩永的情報？我想她跟您的公司應該沒有關係吧？」

「我不能講得太詳細，不過原因是跟遺產繼承有關。」

「遺產繼承？」

這下讓學更加搞不懂是怎麼扯上關係了。至少在學的家族中應該沒有在繼承上感覺會出問題的人物才對。

結果耕也接著說明：

「我太太的父親，也就是我的岳父叫音無剛一，你知道吧？」

「哦哦，那個知名飯店集團的董事長。不只國內而已，是世界規模的集團啊。」

原來是舅父的配偶那邊的繼承問題。學倒是忘了想到那邊。而且對方是公司規模完全不能相提並論的大集團，因此想必在對方生前就必須好好顧慮對應了吧。

「岳父現年八十一歲，雖然一方面因為健康上的問題已經幾乎退出經營的立場，不過資產依然相當巨額。因此就會出現當他過世的時候要如何繼承的問題，可是到了最近，他忽然針對那個繼承比例提出了莫名其妙的課題。」

「在遺產繼承上提出課題嗎？那種煽動競爭的行為在推理小說中通常都會演變成殺人事件啊。這是很常見的戲碼。」

學在目前就讀的大學中也是加入推理小說研究社，然而他並不會期望推理小說的劇情發生在現實中。畢竟如果真的發生那種事，是沒有辦法純粹當成虛構娛樂故事享受的。

雖然學有想到「殺人事件」這個詞可能會惹舅父不高興而挨罵，但舅父對於現狀似乎也抱有同樣的感想，一臉鬱悶地皺起眉頭。

「你說得沒錯。只不過需要擔心殺人事件發生的階段其實已經過去就是了。」

從他的語氣聽起來，狀況感覺更加複雜的樣子。學不禁覺得更加不想扯上關係了。

耕也喝了一口烏龍茶後，埋怨似地說道：

「關於課題的內容我不能講得太詳細，只是音無董事長說能夠順利完成課題的人可以優先分到遺產。他的小孩包括我太太在內有三個人，他夫人則是已經過世，因此實質上的繼承人就是這三個小孩。當然他並沒有誇張到說遺產全部只給一個小孩，然而要說遺產也有分成現金、不動產、股票、美術品或骨董等等各種類型。當中有些將來可能漲價，也有些感覺會變得沒有價值。而課題的獲勝者有權優先選擇要獲得其中的那些部分。」

「也就是說分配到的遺產將來搞不好會相差好幾倍的價值是嗎。」

耕也感到無聊似地哼了一下鼻子。

「說到底，我的公司在經營上本來就沒有受過岳父幫忙，也不會寄望他的遺產。只是我太太似乎不想默默讓自己兄弟得利，所以對這件事看待得莫名認真啊。」

看來這位舅父在妻子面前也是抬不起頭的樣子。或者也可能是身為男人的面子問題，就算只是表面上也要說自己沒有寄望岳父遺產的意思。雖然學並不清楚那個董事長的小孩之間人際關係如何，不過或許只能說很少有人會覺得在遺產繼承上自己吃虧也無所謂吧。

「然後在這課題中被選為評審的人，就是岩永家的千金。由她負責斟酌並決定是誰最順利完成這項課題。這是音無董事長親自指名的。」

聽到耕也說出的這個答案，學當場下巴掉到地上了。而耕也的表情看起來也同樣對於這項決定有一堆問題想問，可是都沒能得到回應的樣子。

即便如此，學還是忍不住問道：

「這也太亂來了吧？對那些繼承人來說，她根本是個來路不明的小姑娘啊。為什麼會指定她負責那麼重要的角色？」

「不知道。而且也不清楚董事長是不是從以前就跟岩永家有什麼往來。但這是已經決定下來的事情，因此需要相應的對策。所以我才會希望事先知道會影響判定的岩永琴子是個什麼樣的人，有什麼嗜好等等。」

既然是由一個來路不明的小姑娘決定巨額遺產的分配結果，自然就會希望多少收集到一些情報了。而且會事先思考攻略手段也是理所當然的事情。

在這樣的狀況下，學真不曉得自己是應該同情被扯進這種麻煩事的岩永，還是要可憐那些必須面對岩永的繼承人們。自己提供的那些情報，對舅父來說想必也是很悲觀吧。

不過舅父依然試圖從這些情報中找出利用價值。

「能夠得知做小動作只會得到反效果也算是一種收穫吧。不，等等喔，如果能慫恿太太的兄弟對岩永姑娘出手讓他們被扣分，是不是相對來講我方就會比較有利了？」

學雖然覺得舅父應該也能立刻想到這種做法的風險，但保險起見還是提出意見：

「要是她看穿那樣的小動作，而且在您太太的兄弟面前揭穿這件事情，今後親戚間的來往會不會出問題？」

既然是音無董事長的小孩，在社交界想必也有相當的影響力。要是招惹到對方，舅父的公司經營上搞不好也會受到波及。

耕也不禁皺起眉頭。

「連這點也必須考慮進去才行嗎？她到底是個什麼樣的姑娘啊？」

就是這樣的姑娘。學也只能這麼回答了。

這時舅父忽然抱著警戒似地詢問：

「你現在跟岩永姑娘還有在聯絡嗎？」

他大概是擔心如果還有在聯絡，今天這場會面搞不好也會傳到岩永耳中吧。

於是學笑著否定：

「我從高中時代就從來都不知道她的電話號碼或電郵信箱啦。也完全不曉得她的近況如何。我猜她應該也已經不記得我們的事情了吧。」

雖然因為女友小鳥跟岩永是同年級，所以學從高中畢業之後還能知道對方的狀況。然而小鳥現在也已經畢業，跟岩永完全沒有聯絡了。真的就只是高中時代的來往而已。

「我甚至覺得這樣還比較輕鬆呢。」

耕也聽到學笑著如此表示，大概是想到自己接下來必須認真對應那樣的人物而變得一臉黯淡了。

到了晚上，學與女友小鳥相約見面。這天小鳥打工結束之後，兩人約在購物中心碰頭，計畫到購物中心裡的影城觀賞電影。

就在兩人牽著手走在購物中心裡通往影城的通道時，話題難以避免地帶到了學在幾個小時前討論過的岩永琴子。一方面也是因為學覺得既然得知了兩人都認識的人物最近的狀況，如果不講出來就好像在隱瞞事情一樣，讓他不是很舒暢。

「從這些話聽起來，岩永同學果然沒有走上正常的路呢。」

小鳥聽學描述完他跟舅父之間大致的交談內容後，表現得似乎只能笑了。雖然這感想聽起來可能對岩永相當失禮，不過學基本上也跟她抱有同感。

「我是覺得她從高中時代就沒有走在正常路上就是了。」

「雖然現在才講這種話有點晚，不過她絕對有在背地裡做什麼事情吧？」

「現在才講這種話有點晚，不過要說她什麼事都沒做我反而比較不相信。」

如今學不禁慶幸，真虧自己們跟那種人物在同一個社團卻能平安無事。不，或許是岩永有好好劃清界線，避免危害到學他們的吧。

「話說，岩永同學沒問題嗎？如果那位董事長只是單純委託她當評審而已倒還好，可是絕對有什麼其他的意圖吧？」

小鳥稍微壓低聲音，一副擔心岩永似地如此詢問學。於是學表示肯定：

「無論判決再怎麼公正，肯定會有人感到不滿，也會提出抗議。因此通常應該會挑選讓大家都會不得不接受結果的人物擔任那個角色才對。在這點上，岩永實在太過不適任了。換句話說，我總覺得那個董事長是積極想要營造出可能發生危險事情的狀況啊。」

董事長的小孩們想必也有察覺這件事。而且董事長恐怕是連這點都在計算之內，而把岩永拖進來的。那些人肯定正進行著一場憑學的程度光是去推想都會消耗精神的心理戰。更不用說是身為當事人的岩永，負擔肯定很重吧。

即便如此，學還是一點都沒有為她擔心的念頭。

「然而真正要擔心的還是音無董事長。畢竟他不可能隨心所欲地操控岩永，而且如果其中還帶有惡意或不良的企圖，絕對會吃上苦頭。」

「啊，關於這點我倒是輕易就能想像出來了。」

小鳥雖然原本還在擔心岩永，可是聽到學這麼說似乎就立刻理解那是杞人憂天了。學接著忍不住笑著說道：

「我不覺得有人可以贏過岩永。如果有，那絕對是誇張到脫離人類規格的人物。」

然後那種人物不可能實際存在。畢竟光是岩永就已經相當脫離人類規格了。

「話說岩永同學跟她喜歡的那個人不知道還有沒有繼續在交往呢？」

「即使有繼續在交往，我覺得那個人如果身心沒有出現異常就算奇蹟了。」

學這個意見有一半是認真的。就好像沒有人能夠贏過脫離規格的存在一樣，想必也沒有人能夠和那樣的存在配合步調當個正常的情人吧。

小鳥雖然笑了起來，但似乎無法完全否定的樣子。

「有必要說到那種地步嗎？不過高中時她拿給我們看的照片中，每張照片裡的那位男朋友表情都很疲憊對吧？」

「岩永反而笑容滿面就是了。」

這點同樣讓學他們笑不太出來。

學與小鳥雖然從來沒有跟岩永那位暗戀對象直接見過面，不過從照片中看起來感覺不出什麼特別的個性或強度，印象中只是個人畜無害的好青年。另外也記得當時自己很驚訝原來岩永喜好的是這樣的類型，以及照片中的那位青年在身穿制服的岩永旁邊看起來很不耐煩的樣子。然而那位青年的詳細長相倒是想不太起來，記憶中只有留下模模糊糊的印象。

另外，小鳥與學都從這些線索引導出同樣的結論：

「那位男朋友，應該逃不掉吧？」

「肯定逃不掉吧。」

那個青年就算被岩永耍得疲勞無比，也應該沒辦法照自己的意思從那樣的狀態中脫離出來吧。真是恐怖。

正當學想著這些事情的時候，忽然聽到從前方迎面走來的兩個人之間的對話。從那親近的互動推斷，應該是一對情侶。

「我也已經二十一歲了，今天請帶我到所謂的『居酒屋』去吧。我很想體驗看看先來一杯啤酒，然後吃毛豆的行為呀。」

「為什麼要對那樣奇怪的行為抱有憧憬啦。而且妳肯定在點餐的階段就會遭到拒絕啦。像今天去看有年齡限制的電影，妳不就在進場的時候遭到攔阻了嗎？連我都被對方冷眼看待了。」

「在那種時候選擇假裝不認識的人有什麼資格講得那麼高高在上？」

「我就是不認識啦。」

「明明知道我今天穿的內衣是佩斯利花紋的人竟然敢說跟我不認識！」

「我就說不要把那種事情大聲講出來啊。」

「痛呀痛呀痛呀！」

那兩人交談到最後，身材高眺的男方就用手掌狠狠抓住頭戴貝雷帽的嬌小女方的臉部，女方則是揮舞著手中的拐杖應戰。總之至少可以確定那兩人真的是一對情侶。

那樣的兩個人一邊鬥著嘴一邊穿過學與小鳥身邊，漸漸走遠。學與小鳥則是瞪大著眼睛目送那兩人離去。

那個頭戴貝雷帽，手握拐杖的嬌小女孩，不可能會認錯人，就是岩永琴子。畢竟岩永的長相與學的記憶中幾乎沒有改變，而且那樣讓人難以忘記的人物肯定也沒幾個。至於男方，雖然在學的記憶中已經變得模糊，不過氛圍就跟照片中岩永成功交往的對象一樣，所以想必就是那個人沒錯。

等到那兩人都完全走遠消失後，學向小鳥徵詢同意：

「要當作沒看到嗎？」

「哎呀，至少他們看起來感情不錯吧？」

男方感覺很健康，而且似乎並不是只有被岩永甩得團團轉的樣子。或許這是讓人可以放心的事實吧。學如此想的同時，也對於那個岩永居然會被人如此粗魯對待的事情感到意外又痛快。話說佩斯利花紋的內衣是什麼？

不過更重要的是，沒想到那個岩永竟然會表現出那麼豐富的表情，而且還大聲講話。高中時代的她就算笑也只會冷冷地笑，感情表現上相當缺乏起伏，是個真的像精巧人偶一樣的存在。但現在這是怎麼回事？

在各種複雜的感情超出負荷之下，學只能帶著疲憊感說道：

「岩永琴子果然不是我們能夠理解的存在啊。」

關於這點，小鳥似乎也有同感的樣子。

岩永琴子與櫻川九郎離開購物中心後，便按照岩永的要求走向附近的一間大眾型居酒屋了。

就在這時，九郎似乎對購物中心的方向感到在意似地轉回頭。

「剛才有一對情侶看到我們時就好像見到什麼幽靈一樣，妳認識嗎？」

原來九郎也有注意到。由於岩永在外觀上相當顯眼，因此經常會受人注目，不過九郎大概是覺得那兩個人的反應跟其他人有點不一樣吧。

「你說那兩個人嗎。他們是高中時代關照過我的人。」

就是天知學與小林小鳥，同樣隸屬推理小說研究社的人。對岩永來說可能算是高中時最親近的兩個人。雖然畢業之後便形同他人就是了。

九郎光聽到這段說明似乎就理解了一切。

「哦哦，是妳的受害者啊。」

「講這什麼話？就算說是我促進了那兩人之間的感情也一點都不為過呀。正由於那份功德，才讓我得到回報可以和學長在一起的呢。」

「也就是說我是最大的受害者啊。」

「為什麼是那樣解釋啦！」

對於岩永的抗議，九郎完全不予理會，並接著難以明白似地說道：

「可是照妳這樣講，那兩人見到我們時倒是一副張口結舌的樣子喔？」

「畢竟看到自己認識的可愛女孩居然被一個男人用手掌抓住臉部，任誰都會恐怖得講不出話來啦。」

「可愛的女孩子不會大聲講出自己內衣褲的花紋吧？」

會用手掌抓住女友臉部的男朋友也是很稀少，這代表凡事總會有例外的。

「哎呀，總之那兩人如今似乎還在交往，真是太好了。」

雖然他們跟岩永已經沒有任何關係，但這總比看到他們早已分手跟不同對象交往要來得心情舒服許多。

「現在更重要的，是音無董事長硬推到我身上的那個任務呀。請九郎學長也要好好幫我的忙喔？畢竟我已經取得帶人隨行的許可了，而且感覺事情會變得很麻煩呀。」

目前對岩永來說，這才是心頭的懸念。現在可沒有時間去管早已結束的人際關係。

雖然說今天岩永還是預定到居酒屋去先叫一杯啤酒就是了。

第四章 Sleeping Murder（前篇）

在一間大飯店高樓層的挑高式明亮交誼廳中，岩永琴子與一名老人隔著桌子坐在窗邊的座位上。這間設計供客人們享用茶點輕食或是見面會談的店家中，現在空蕩蕩地顯得非常寂靜。

隔著透亮的窗戶可以俯瞰到屋外遼闊的街景，也能清楚挑望八月上旬的一片晴空。現在時刻下午三點多，既不是用餐時間，人潮移動也大致告一段落，因此客人難免會比較少。然而從店內只有岩永與老人兩個人的狀況判斷，實際上應該是老人為了跟岩永見面而把這個時段包場下來了吧。

老人應該是想要跟岩永進行祕密會談，可是又覺得如果約在小包廂見面恐怕會讓岩永過度警戒或是感受到壓迫感，因此他才會選在這樣有開放感的店內靠窗的位子面談的吧。不過他光是為了這樣就能把店家包場下來，而且還能指示店員把冰紅茶與花草茶端上桌後遠離到視線之外。光是這些事實就已經足夠帶給對方一種壓力了。

「琴子小姐，真是不好意思。忽然被一個素昧平生的老人說有事拜託而要求見面，想必讓妳感到很驚訝吧。」

這位身穿灰色西裝，領帶也打得很端整的老人態度溫和地如此說道。他名叫音無剛一，根據岩永的調查現年八十一歲，是出名飯店集團——音無集團的董事長，目前基於健康上的理由已經退出經營工作。

相較於「剛一」這個聽起來強健的名字，他本人確實看起來很消瘦，感覺就是身體有恙的樣子。雖然腰腿還算正常，可以一個人自由走動，但是感受不出曾經帶頭指揮一個在國內外經營兩百間以上的飯店，在其他不動產業以及觀光業開發也發揮力量的大集團應有的熱誠於慾望。反而莫名有種達觀而彷彿卸下重擔似的平靜氛圍。

岩永用吸管喝了一口冰紅茶後，老實回答：

「何止是驚訝而已，簡直是讓人感到無比為難呀。而且還是透過我父母鄭重委託，我也不得不前來赴約了。畢竟是在財政界都有巨大影響力的音無集團的董事長親自拜託，我父母自然不能隨便拒絕，而我也不想讓父母傷腦筋呀。」

「我並沒有惡意，只是盡到禮數委託而已。但地位太高在這種時候就會讓人感覺像在脅迫。可是我又覺得這件事情無論如何都只能拜託琴子小姐才能解決啊。」

剛一對於岩永失禮的發言也只是感到愉快，表現出更加信賴岩永的態度。

對方究竟是想拜託什麼事情呢？岩永不禁如此思考。雖然她接到剛一的聯絡之後前來赴約前有稍微調查過，但還是沒能掌握對方的真意。

對方在社會上有相當的地位，而且還是經由岩永的父母拜託，因此應該沒有惡意，但不管怎麼想都肯定是很麻煩的委託吧。岩永光是身為妖魔鬼怪的智慧之神就已經非常忙碌了，實在不想為了一個感覺餘生不長的大人物提出的任性要求耗力費神。

「跟董事長比起來，我只是個才剛滿二十歲的小丫頭。不但缺乏社會經驗，也沒有足夠回應您期待的才器呀。」

岩永光是外觀上就經常被人誤以為是中學生了。

「我倒是覺得妳跟我一對一見面還能優雅地喝茶，光這點就很了不起了。」

「畢竟是難得的冰紅茶，要是放著讓它不冰了也很浪費呀。」

剛一目前還沒有表現出高壓的態度。而且岩永如果是想要討好剛一或是向對方拜託什麼事情可能就會感到緊張，但她也沒有這類的念頭。既然如此，心理上會覺得反正是對方給自己添麻煩，就盡情享受一下紅茶順便再多點個蛋糕也是很正常的事情吧。

剛一表現出理解明白的樣子說道：

「真是一如傳聞的姑娘。而且我雖然被人稱作是音無集團的董事長，但這身分其實只是形勢使然。這點一直都讓我感覺坐得很不安穩啊。」

他接著臉上露出苦笑。

「我原本並非音無家的人。我從前是姓工藤，在集團的飯店工作，年輕時向公司高層提議了一些管理方面的改善政策，結果被當時的董事長——音無傳次郎看中，讓我跟他的千金澄小姐結婚了。不過我並沒有因此就立刻成為集團的中心人物。傳次郎先生原本就很認同女兒澄小姐的經營才幹，打算讓她繼承自己的位子。換言之澄小姐是下一屆的董事長，我則是被認為適合擔任她的輔佐而被選上的。雖然這代表我將來可以成為副董事長，但並沒有什麼實質上的權力，只是個負責協調上下部會的角色罷了。」

這部分的事情在財界也相當廣為人知。剛一是以贅婿的身分加入音無家，被傳次郎選上的理由終究只是為了輔佐女兒澄。而且對於這件事的講法多半傾向揶揄，普遍對剛一的評價也顯得很低。

「澄小姐在當時那個年代確實是個出類拔萃的經營者。她與我結婚十年後傳次郎先生過世，於是她便正式成為董事長繼承父親的遺志，讓集團擴大規模，甚至成長為世界性的組織。可謂勢如破竹，無人可擋。不只如此還生了三個小孩，除了『女豪』實在也想不出其他的形容詞啊。」

這同樣也是廣為人知的事實。傳次郎奠定了音無集團的基礎，而澄繼而使之飛躍成長。父女兩代就讓音無集團的名聲響遍天下。在那兩人之後繼承地位的剛一會受人輕視也是沒有辦法的事情。

然而相對地，岩永也知道世間另一種評價。

「但我聽說澄小姐過世之後，是董事長您保住了這個集團。也有人說要是沒有剛一先生，集團應該早已崩壞了。」

「嗯，確實是有那樣的聲音。另外妳應該也聽過這樣的說法吧：要是音無澄再多活個一年，集團就會崩壞了。」

剛一這句話並不是自嘲，而是感覺像在試探岩永的反應。

「今夫人是二十三年前在路上遭到疑似強盜之類的人物刺殺的吧？而且犯人至今還沒被抓到。」

這是岩永在面談前調查到的情報中最讓她感到在意的部分，但沒想到對方竟主動把話題帶到這件事情上了。

剛一表現得很舒坦地點頭回應：

「沒錯，那個犯人其實就是我啊。」

交誼廳雖然一片寂靜，但剛一的聲音應該沒有傳到很遠。至少在岩永看得到的範圍內除了剛一沒有其他人，而在這範圍以外的人想必也聽不到這句話吧。

岩永對於眼前的老人一副愉悅的這句自白雖然霎時感到驚訝，不過立刻又在心中暗罵「果然是很麻煩的委託嘛」並優雅帶過：

「您真會開玩笑。哎呀，就算音無董事長真的是犯人其實也無所謂。事件是發生在二十三年前，後來雖然有修改過幾次法律，但應該已經過了追訴期。如果事件稍微再新一點，或許就還在追訴期內了。」

「這不是在開玩笑。呃不，雖然也並不是我親手殺害澄小姐的就是了。」

「那麼是雇用人殺害了她？」

「如果是那樣還比較好理解。就算過了追訴期，警方應該也會有所行動。然而會願意幫忙殺人的人物可沒有那麼容易找到啊。」

「說得也是，畢竟又不是什麼小說或電影情節。」

「一點都沒錯。」

剛一緩緩端起茶杯，有點害臊地繼續說道：

「殺害澄小姐的是個狐狸的妖怪，一般稱為妖狐的存在。我是跟超越人知的存在進行了一場交易，請對方殺掉了澄小姐。」

妖怪，另外也被稱為怪物、妖魔、怪異的存在。

妖狐算是比較有名的妖怪吧。在古老傳說或民間故事中經常會提到狐狸的妖怪，內容上大多是跟人類結婚生子，或是吸取精氣將人殺害，或者變化為各式各樣的東西欺騙玩弄人們。

在日文中也有「被狐狸惡作劇」這樣的慣用語。落語也有描述旅人反覆被狐狸欺騙的故事劇本叫「七度狐」。另外像誆騙當時的掌權者，擾亂國事的九尾狐以及據說是出名陰陽師的母親的葛葉狐等等傳說也相當廣為人知。

岩永也認識幾隻妖狐，曾經有提供過智慧。沒想到那樣的妖怪會在這種事情中扯上關係。

「這玩笑才真的有點過度了呢。世界知名的飯店集團董事長居然會講出『妖狐』這種不科學的存在呀。」

岩永雖然直覺知道對方不是在開玩笑，但如此一來她就會變得更難拒絕剛一的委託了。因為這是她無法放著不管的領域。

「正因為是飯店集團的董事長，反而會更相信不科學的東西啊。飯店這種地方每天都有各式各樣不特定的人物進出，也偶爾會成為殺人、自殺、意外事故或火災等等關係到人命的舞臺。或許也是因為這樣，經常會聽到客房出現幽靈或超自然現象等等的傳聞。經營的飯店數量多，就算不願意也會遇上這種靠人類已知的科學理論無法說明的事情。」

要是客房發生超自然現象，那房間可能就無法再使用，對於飯店來說也會影響到評價，成為經營上的問題。因此飯店經營者沒有辦法輕易用「想太多」或「迷信」之類的講法草率帶過吧。或許從事這類的工作越久，就會變得越相信靈異存在。

「妳應該也聽過裝飾在飯店房間的畫作背後會貼符咒之類的傳聞吧？飯店這樣的場所就是不缺這些怪談啊。」

剛一很明顯是在試探岩永的反應取樂。

「當然我們表面上不會承認這種事，但現實中存在的東西就是存在。而我在二十三年前就確實跟妖狐進行了一場交易。」

「董事長的主觀上要把那種事情當成事實也無妨啦，但為什麼要找我講那種事呢？」

岩永極盡可能表現出不耐煩的態度，然而對剛一似乎行不通的樣子。

「在一部分的人之間不是很有名嗎？說琴子小姐對於這類的怪異方面有一套獨到之見。我們集團旗下的飯店也據說曾經有某間客房接連發生靈異現象，於是去找傳聞中的妳商量，結果妳來到那個房間就立刻解決了問題。妳擁有神奇的能力，這件事無從否認。」

「不不不，雖然我確實偶爾會經由父母收到那樣的委託而在不得已之下接受商量，但那些內容其實都是用錯覺、少見的物理現象或心理上的臆想就能合理解釋的東西，而我也都是那樣向委託人說明的喔？」

雖然實際上大半都是跟幽靈或妖怪扯上關係的案例，可是就算那樣說明也只會聽起來可疑，因此岩永總是隨便捏造一段說明讓周圍的人接受後，再跟幽靈或妖怪商量請他們不要再引起問題。

「我可是科學之子喔。像這個義眼和義肢就是科學的成果呀。」

岩永說著，握起放在一旁的紅色拐杖指向自己的右眼與左腳。

可是剛一卻彷彿覺得那才是重點般，滿意地瞇起眼睛。

「造成那個義眼和義肢的原因正是一般稱為『神隱』的現象，而我可以感受出妳有受到怪異存在們的祝福。其他人就算了，但我就是因為覺得妳肯定願意相信我說的話，這次才會拜託妳的。」

岩永放棄掙扎了。有些人就是擁有像是神靈感應或是第六感之類，能夠感知到超自然存在的力量。或許剛一也是那樣的人吧。然後他在現實中也有過跟妖狐見面的經驗。既然如此，不論岩永再怎麼裝傻，剛一心中的確信也不會動搖吧。

雖然岩永還看不出對方究竟想要委託什麼事情，但如今也只能聽下去了。

「恕我失禮了。請繼續說下去吧。」

剛一摸了一下自己的後頸，開始描述過去：

「二十三年前，澄小姐的衝勁始終沒有減緩。讓集團爬上世界第一，這是傳次郎先生的遺志，同時也是澄小姐的目標。因此她一路來不斷地擴大集團。然而凡事都有極限，沒有扎穩基礎就往上爬只會摔得更慘。把手伸出能力範圍之外就必定會勉強到其他部分，進而折斷身子。當時的集團就逐漸接近於這樣的狀態，可是澄小姐卻不顧那些風險，一點也不停下自己的腳步。」

「當人在狀況好的就容易這樣。令夫人應該也是相信自己能夠克服那樣的風險吧。」

「沒錯，澄小姐認為那種程度的問題憑自己的能力就能夠處理，所以其他人應該也能處理。對於他人的制止也只會認為是對方不夠努力。當時表示反對、做出抵抗的人都遭到她毫不留情地排除。集團幹部中許多人都抱有同樣的危機感，可是沒有一個人能夠阻止澄小姐。包括我也是。到頭來，我終究只是被傳次郎先生選上的女婿罷了。」

雖然如今已經年老，不過剛一不但身材高眺，容貌也很端整。再加上他在工作方面應該也很能幹，所以或許在基因方面也被傳次郎判斷適合當女兒的伴侶吧。

「另外，澄小姐連小孩們的人生也都想支配。不允許長男成為他想當的廚師，逼他要成為集團的繼承人。長女帶男朋友回來也說對方配不上妳而試圖讓兩人分手。次男積極想要繼承集團的工作，她卻認為應該讓長男繼承而不讓次男做想做的工作。」

獨裁經營公司的人物在家庭中也會採取同樣的方針，這聽起來就是很有可能性的事情。如果是家族經營的集團，家庭與公司經營就更加密不可分了。

「當時小孩們都已經成年，獨立生活。他們各自有期望的人生，也都擁有實現那個人生的能力。可是澄小姐一點也不聽他們的話，只想要控制他們照自己的意思做。我想她或許連自我懷疑那種行為的對錯都辦不到吧。」

剛一的神情看起來並沒有責怪那樣的澄。

「當時一切都到極限了。要是繼續放著不管，小孩們都會崩潰，集團也會崩潰。但即使明白這點，我依然不知該如何是好。然後在三月初，我獨自窩到深山中的一棟別墅，思考對策。深夜來到庭院時，我不經意呢喃出『只要澄小姐消失，就一切都能順利的說。』這樣一句話。而且似乎不只一次。」

或許在集團或小孩之前，剛一自身就已經在崩潰邊緣了。既然如此，也可以說明當時或許是剛一的精神狀況衰弱到看見了根本不存在的東西。岩永雖然有閃過這樣的念頭，但立刻又判斷對方應該不會接受，於是只能繼續聽下去了。

「就在這時，一隻狐狸現身對我說：『要不要我幫你實現那個願望？』」

剛一就像是看穿岩永正在思考要如何把這話題含糊帶過似地露出微笑，並總算開始描述起自己與妖怪的相遇。

「一開始我還很疑惑聲音究竟是從哪裡傳來的。畢竟那附近沒有其他住家，而且我是自己一個人到別墅去的。但聲音就是從我旁邊傳來，怎麼想都只能覺得是那隻狐狸在講話。狐狸接著正眼看向我，用人類的語言對我說：『告訴我詳細的內容。我是妖狐，是歷經漫長歲月的妖怪，可以辦到你所居住的世界之法無法辦到的事情。』」

既然是妖狐就能夠變化偽裝成人類，走在城鎮村落中也不會被人看穿。當然也能自在地使用語言。

「我雖然感到驚訝害怕，但比起妖怪，現實中集團與小孩們的將來更讓我感到恐懼。畢竟當時我連可以商量討論的對象都沒有。於是我就把自己的立場與苦惱全部都講出來了。一方面也是因為我覺得反正跟狐狸講這些事情也不會被誰責備，心情上可以比較輕鬆。」

如果當時狐狸是變化成人類接近剛一，剛一或許還會感到猶豫，回到別墅中緊鎖門戶吧。不過正因為是一隻會講人話的狐狸，或許反而讓人感覺像是在作夢，心境上比較容易為了逃避現實而依賴對方。妖狐大概也是故意這樣趁虛而入的吧。狐狸一般會給人一種狡猾的印象，而就妖狐來說，這個印象並沒有太大的錯誤。

「妖狐聽完我的話之後，再次向我提議說：『我知道了。那麼我就幫你殺掉你的夫人，而且不會讓你或你的家族遭人懷疑。做為代價，你也要幫我實現一個願望。』」

「居然跟妖怪進行交易，根本難以預料會被對方奪走什麼東西呀。」

岩永忍不住如此插嘴。這個被奪走的東西有時候也會成為擾亂秩序的原因。

剛一大概是因為岩永的語氣聽起來真的非常厭煩的關係，反而開朗地笑了起來。

「說得沒錯，我當時也做好覺悟，認為對方可能會要求我用性命或靈魂做為代價。但即便如此，我應該也會二話不說地答應對方吧。然而沒想到妖狐提出的願望是非常現實的內容，要我將某一塊山區土地開發成人類可以使用的場所。據說是跟那隻妖狐敵對的同族將那塊土地當成棲息地擴展著勢力，因此妖狐想要壓制對方的氣勢。只要將土地開發為人類的住處，對手就會被趕到別的地方，力量也會因此受到限制的樣子。」

原來是這樣的交易內容。雖然如果是用類似「給我貢上一年份的炸油豆皮」之類和平的交換條件進行了一場殺人事件也會讓人感到心境複雜，不過把人類利用在同族間的勢力鬥爭上也感覺很俗氣又狡猾就是了。

「我問對方那塊土地在哪裡，結果發現要取得那塊土地並不算困難，而且開發起來應該也不會太麻煩，用地區振興或是員工設施之類的名義就能進行計畫了。雖然如果有澄小姐在，我就沒辦法用個人意見下達指示，不過只要澄小姐不在就有可能了。對於本來甚至做好覺悟要交出自己性命的我來說，這代價實在很輕。」

剛一就是這樣犯下了不該犯的過錯嗎？

「我向對方約定，只要澄小姐離開人世，我就實現你的願望。結果妖狐說了一句『那麼在一個月之內，我讓那人離開人世吧。』之後，便消失在山中了。」

岩永默默喝了一口冰紅茶。她雖然還想叫一份蛋糕，但總不能在這種時候把店員叫來吧。

「大約十天後，澄小姐在路上遭到疑似強盜的人物刺殺了。接著就在喪禮跟集團中的混亂問題都告一段落的時候，一名男性在我準備進入公司時與我擦身而過同時說道『我已經幫你殺掉了夫人，你也別忘了當初的約定。要是你違約，下次我就殺了你。』

這樣一句話。原來那男性是妖狐化身而成的。於是我向對方點點頭後，那男子便真的像狐狸一樣瞇起眼睛離去了。」

「然後你實現了那個約定？」

「對。雖然在取得土地和開發上稍微花了一點時間，讓我擔心妖狐會不會跑來抗議進度太慢，不過就在一年內，我把那塊土地開發成狐狸之類的存在難以棲息的場所了。從那之後，妖狐就再也沒有出現在我面前了。」

「畢竟跟摧毀了敵對同族土地的人物有在進行接觸的事情如果被發現，周圍的存在們就會起疑。或許那妖狐之前跟你接觸的時候也都很小心注意吧。」

這部分就跟實際上的犯罪行為是一樣的。這樣想起來，那隻妖狐可說是進行了一場相當危險的交易。

「在這類的交易中首先要避免的就是遭人懷疑有共犯關係。我這邊的狀況是無論警方或周圍的人都萬萬想不到我會委託妖怪幫忙殺人，所以還算安全。不過妖狐那邊的狀況應該需要更小心謹慎吧。」

對於在妖狐或妖怪方面都擁有知識和經驗的岩永來說，她並不認為有那麼多怪異存在有辦法想像出和人類進行交易陷害同族的手法，不過應該還是比能夠想像出人類會委託妖怪殺人的警察來得多吧。不管怎麼說，總之剛一和妖狐雙方最後都達成了完全犯罪就是了。

「後來，音無集團捨棄擴張策略而選擇了符合能力範圍之內的經營方針，甚至將一些部門縮小規模或販售脫手了。畢竟當時景氣還算好，所以當然也有出現反對意見，對於暫定讓我成為董事長的事情上也發生過一段糾紛。不過大多數的人其實都有察覺到集團的極限，因此一切進行得都還算順利。」

這些都是發生在岩永出生以前的事情。或許妖怪們當時也因為找不到商量對象而傷透腦筋吧。

「沒多久後，整個國家的經濟狀況急遽惡化，一方面也由於其他採取擴大策略的企業公司紛紛受到打擊，使整個大環境證明了我及早做出對策的方針是正確的。要是當時照那樣繼續服從澄小姐的指揮，我們集團毫無疑問會遭受到莫大的損失。」

「受令夫人支配的小孩們又如何了呢？」

「我告訴他們可以選擇各自想過的人生。於是長男在跟我們集團沒有關係的地方成為了一名廚師，現在開了自己的餐廳。長女與當時的情人結婚，而那個人經營的事業也獲得成功，現在過得很幸福。次男則是參與集團的經營，成為了常務董事。雖然我不知道他能不能再往上爬，不過就結果來說已經無可挑剔了。」

時代證明了當初如果沒有改變擴大策略，集團就會承受致命性的傷害。而小孩們都選擇了跟母親的期望不同的人生，二十三年後各自都獲得了幸福。

岩永稍微感到佩服起來。

「也就是說由於令夫人的死，真的讓一切都順利發展了是嗎？」

岩永雖然不至於主張「不應該透過殺人獲得幸福」之類死板的理論，不過能夠親眼見識到成功案例還是很珍貴的經驗。

剛一或許是感受到岩永那樣的心境，於是露出苦笑承認：

「沒錯。透過犯下『殺人』這個禁忌所選擇的路到後來讓一切都順利發展了。順利到讓人驚訝的程度。」

「那真是太好了。可以點個戚風蛋糕來慶祝嗎？」

杯子中的冰塊都已經融化消失，就算攪動吸管也聽不到一點清脆的聲音。

「稍微再聽我說下去吧。其實根本就不好。如果有發生過什麼問題，讓多數人覺得『要是當時澄小姐沒死就好了』反倒是好事，因為如此一來就能告誡大家『殺人』是不應當選擇的手段。可以讓人體驗到要是選擇了這樣的手段就會遭到相對應的報應。」

剛一接著端正坐姿，用宛如刀刃般銳利的眼神看向岩永。

「妳應該知道我基於健康上的理由，已經退出了集團經營的事情吧。其實有好幾個惡性腫瘤在我全身各處轉移，醫生診斷我只剩下一年的壽命了。再過半年可能連走路都有困難，進入每天必須承受劇痛折磨的悲慘末期。看來就算靠現代醫學也有難以避免的事情。這件事我還沒有跟家人們講，也希望琴子小姐能夠暫時保密。」

剛一既然已經退出第一線，就算讓周圍的人知道這件事應該也不會影響到音無集團的股價才對。但如果可以，岩永還真不想知道這種帶有危險性的情報。

岩永同樣露出嚴肅的表情抬頭看向剛一，等待對方繼續說下去。

「言歸正傳，當我得知自己這樣的身體狀況時，其實反而鬆了一口氣，認為我殺人的報應總算來臨了。就算當時不是我親自動手，我也是抱著明確的殺意委託殺害妻子的。這毫無疑問是殺人行為，應該要接受處罰，否則就會違反秩序。我也拒絕了最後接受減緩疼痛的治療或尊嚴死，決定要讓自己好好承受那份痛苦。」

也許就根本上來講，音無剛一這個人的心地是很善良的吧。正因為善良，所以無法對集團的危機或小孩們的苦境視而不見，最後被逼到絕境，才會忍不住依靠忽然出現在自己眼前的妖狐，依靠超越常理之外的力量。

因此他無法打從心底慶幸一切發展順利。他想必是無法逃避自己選擇了錯誤方法的念頭吧。對於岩永來說，也有一些部分讓她感到同意。

「我認同這樣確實會違反秩序。那麼您究竟是希望我做什麼呢？」

人不應該主動期望與怪異存在們扯上關係，怪異存在們也同樣不應該對人世造成過多的影響。因為那樣做會擾亂雙方的秩序，引發混亂，甚至導致世界變得讓雙方都難以居住下去。岩永身為智慧之神，有責任要守護那樣的秩序。

或許是因為岩永的氛圍忽然變得冰冷銳利的緣故，剛一微微動了一下身子後，接著說道：

「我擔心的是孩子們。看在他們眼中，可說是由於母親的死讓一切都變得順利了。這樣的成功體驗非常危險。萬一將來他們同樣遇到只要誰死了感覺就能讓一切順利的狀況，搞不好腦中第一個就會浮現『殺人』這樣的選項。」

「或許真的會那樣。」

「因此我必須告訴孩子們，是我殺害了澄小姐。然後讓他們清楚見識到我因為那個報應，最後死得如此痛苦。」

雖然剛一的死狀與殺人之間不清楚有沒有明確的因果關係，不過如果犯下殺人行為的人物最後死狀悽慘，就會讓人感受到因果報應。可以成為一個警惕，也能成為一種教訓。

「然而我是藉助於妖狐的力量殺害澄小姐，因此我有牢不可破的不在場證明，不可能犯下罪行。就算把藉助於妖狐力量的真相講出來，孩子們應該也不會相信。說我是雇用人去殺害的應該也是一樣。正因為實際犯行的是妖狐，所以沒辦法證明我本身的犯罪行為。」

「即使真相是妖怪，正常人也很難接受。就算說是雇用什麼人，應該也很難被人相信吧。」

在這段對話的一開始岩永就有否定過雇用人並不是一件簡單的事情。

「因此必須想想什麼辦法讓孩子們相信是我殺掉澄小姐的。雖然我不可能犯行，但要說成我實際上有可能辦到。我希望妳能協助我這件事。」

講到這邊，岩永才總算漸漸明白對方期望自己扮演的角色了。

「就算那個殺害手法是騙人的也沒關係嗎？」

「和狐狸進行殺人交易聽起來還比較像在騙人吧？」

一點都沒錯。畢竟這可不是什麼落語。

剛一大概是看出岩永應該會接受委託而感到安心的緣故，表情稍微變得柔和下來。

「而且孩子們也有權利知道究竟是誰殺害自己母親的。要是一直都不知道，就會像有根刺一直插在心中。而我也希望可以消解孩子們那樣的感受。」

「確實，畢竟那起事件至今依然是一樁懸案，多少還是會讓人感到在意吧。」

關於這點岩永也表示認同。一方面正因為剛一是出自良心在行動，所以岩永也很難提出反駁。

剛一感到滿意地揚起嘴角。

「我已經有想好如何讓孩子們相信我犯行的詳細流程，也有決定好希望妳扮演的角色了。哦哦，在進行說明之前先來加點東西吧。戚風蛋糕就可以了嗎？」

「還要起司蛋糕跟抹茶瑞士卷。」

接下來要討論的內容應該會更複雜，因此岩永希望好好補充糖分讓腦袋充分活動。

剛一不知是對岩永的什麼部分感到中意了，忽然搖著肩膀笑了起來。

「怪不得岩永家的千金會成為傳聞啊。我真應該早點認識妳的。」

到頭來這果然是一件麻煩的委託，而且除了剛一提出的預定流程之外，岩永也有獨自行動的必要。首先要找到當時進行交易的妖狐，證實事情的真相。雖然岩永不認為剛一是在捏造故事，但如果可以進行確認的事情就不應該馬虎。

難得大學進入暑假的說，這下可真是麻煩呀。岩永不禁在心中如此抱怨，並看向走近桌邊的店員。

「就在大約二十天前，有過這樣一段對談呀。」

八月底，天氣依然炎熱的季節中，岩永下午來到男友櫻川九郎的公寓房間，第一次把自己被剛一委託的事情告訴了對方。

這天的預定計畫是黃昏左右一起去看個電影，然後在外面吃個飯。不過因為岩永希望讓九郎也參加這次的事情，所以才提早來到九郎房間向他說明狀況。

就在岩永講到途中的時候，跪坐在地上摺衣服的九郎一副憐恤對方似地回應：

「妳又被扯進這樣複雜麻煩的案件了啊。」

「是呀。而且接下來董事長說明的流程又讓事情更加複雜麻煩了。」

「聽起來真辛苦，不過妳加油吧。我送妳一罐打工的店給我的牛肉大和煮罐頭聊表心意。這個生薑的味道很濃很好吃喔。」

九郎說著，從他隨便丟在一旁的塑膠袋中拿出一個應該是因為罐子有部分凹陷而無法陳列到架子上的罐頭，放到岩永面前。不對，這體貼的方向性完全錯了。如果是水果罐頭就算了，誰會在慰勞女孩子的時候送對方大和煮的罐頭？而且這還過了賞味期限。

「為什麼要講得好像事不關己的樣子？九郎學長當然也要來幫我的忙呀！」

岩永抓起罐頭擲向九郎的頭，但九郎果不其然地用一臉彷彿什麼事情都沒發生過似的表情撿起罐頭，感到奇怪地問道：

「妳不是二十天前就接到那份委託的嗎？難道不是因為不需要我幫忙所以才沒跟我

講的？」

「那是因為我在補充調查跟對應手段決定下來之前不方便跟你講呀。」

向妖魔鬼怪們問話的時候雖然有些狀況下九郎跟在身邊會比較順利，但也會有對方被九郎嚇得逃跑或畏縮而難以講話的狀況。因此岩永這次才會暫時自己一個人行動的。

「然後呢？你有找到跟董事長進行交易的妖狐嗎？」

九郎很清楚岩永的做事方式。

「有。因為符合『跟原本居住在那個開發土地的妖狐敵對的同族』這個條件的妖狐只有一隻，因此很快就鎖定出來了。於是我向認識的妖狐說明狀況並請對方把那妖狐帶來，結果對方很快就把一隻五花大綁的妖狐交給我了。名字叫吹雪。」

那天深夜時，岩永接到傳令說「抓到您在尋找的傢伙了」於是立刻前往某座深山中，結果看到一隻有如時代劇中被綑綁示眾的罪人般遭到五花大綁的狐狸，被大約十隻的同族團團包圍著。岩永其實只是想要向對方詢問當時的狀況而已，並沒有指示過要如此粗暴對待。不過她也覺得這狐狸會遭到這樣對待是無可厚非的事情。

「即使在同族之中，那樣的行為果然不是一件好事嗎？」

九郎滾動著手中的罐頭如此詢問。

「雖然同族之間的鬥爭是很常有的事情，不過像這次利用人類破壞山林的手法似乎是屬於難以原諒的暴行。據說是因為現在狐狸或狸貓們可以棲息的場所本來就已經在減少了，居然還刻意破壞那樣的場所簡直是可惡至極的樣子。」

聽說被那場交易害得失去家園的妖狐不只一隻，而大家為了尋找新的住處都吃盡了苦頭。也就是說吹雪犯下了會跟好幾隻妖狐結怨的行為，因此會遭到五花大綁也是難免的。

「妖狐吹雪向音無董事長提出交易的事情是真的，而且過程基本上也跟董事長描述的內容無異。吹雪還很不甘心地說『沒想到會是從人類方面曝光』呢。畢竟妖怪基本上不會跟人類親近交談，而且這場交易對音無董事長來說也是心中有愧，所以吹雪才會覺得即使沒有封住對方的口應該也不會讓事蹟敗露的吧。」

然而事情發展至此，吹雪也只能死心，乖乖回答一切了。

「也就是說吹雪雖然狡猾，但最後敗在音無董事長的良心了。」

「真正的致命傷應該是妳在社交界的那些不良傳聞吧？要是沒有那些傳聞，董事長也就不會找上妳了。」

男友九郎講得好像岩永才是各種壞事的根源一樣。

「肯定是那些嫉妒我可愛的傢伙們憑空捏造沒有根據的謠言到處傳播的。」

「有根據吧？」

確實，剛一也說過岩永是一如傳聞描述的人物。

這話題感覺再講下去會很不利，於是岩永趕緊告一段落：

「總之，雖然其中有幾處不一致的地方，不過音無董事長所說的事情得到證實了。」

話雖如此，但岩永並不會向剛一報告說有找到當初跟他交易的妖狐。在社會上來講比起岩永，剛一與親族們比較有權有勢。假設岩永自己將這次的委託洩漏出去想必也不會有人相信，甚至反而會遭人冷眼看待，還會害父母為難。畢竟這件事本身內容上就很不講理又超乎現實，因此剛一應該也是有考慮到這些層面才把真相告訴岩永的。在這樣的狀況下，岩永沒有必要把自己手上的牌全部都告訴對方。

「然後呢？妖狐吹雪今後會遭到什麼樣的待遇？」

九郎似乎很在意吹雪可能遭受同族們嚴厲懲罰的樣子，岩永則是對他聳聳肩膀。

「誰曉得呢？畢竟妖狐不論欺騙或利用人類都是很自然的事情，也不會立刻就違反秩序。就算妖狐害人陷入不幸，也不是我需要馬上責備的事情。反過來說，就算人類危害到妖怪，也不是我立刻要對應的事情。」

「說得也是。把人類世界的法律套用到妖怪身上也很任性，反過來強制用妖怪的規則懲罰人類也太蠻橫了。」

九郎雖然表情看起來無法釋懷，不過也沒有反駁岩永的理論。

「同族內的紛爭也是一樣，我的立場並不會光因為發生紛爭就介入裁決。處分內容應當由同族內自己決定才對。如果對方在決定的過程中有找我商量，我自然會做出某種判斷，可是這次妖狐們只說了一句『後續的事情我們會自己決定』就把吹雪帶走了。」

岩永姑且有表示過看在吹雪老實接受岩永問話的份上，希望同族們可以對吹雪罪減一等。要是沒有這點酌情的餘地，今後發生類似狀況的時候搞不好就會有妖怪不願意協助岩永問話了。因此吹雪應該不至於丟掉性命才對。雖然有可能遭受到不如被判死刑還比較好受的待遇，不過那就要看吹雪自己的表現了。

「那麼對於藉由妖怪的力量獲得利益的音無董事長，妳又要如何對待？這件事情有扭曲到妳應該維護的秩序嗎？」

岩永不禁抓了一下頭。這是平衡關係的問題。把死板的規矩套用到所有狀況也不是一件自然的事情。像寄宿在飯店房間的幽靈或妖怪雖然會給房客或飯店人員添麻煩，但也不是馬上就會違反秩序，岩永也不覺得有必要強硬做出類似驅邪的行動。

只是如果放著不管可能會導致人類方面對妖怪擺出強硬的態度或做出強硬的對策，反而讓妖怪方面被逼到絕境。因此岩永的立場基本上是在問題擴大之前做出對雙方都不會有損失的處置。

「如果只是藉助於妖怪的力量讓生意順利或是與喜歡的對象在一起之類的程度倒還算可愛，但這次的狀況是殺人。而且還是對社會有影響力的人物蓄意引發的行為。把這種事情不當一回事而放著不管，並不是一件好事。」

岩永慎選著詞彙如此回答九郎。

「確實，如果放過那樣的事情，就可能等於是認同有權有勢的人物藉助於怪異存在的力量操控人類社會了。」

九郎大概是感受到那樣的危險性而忍不住壓低了聲音。雖然回溯到從前也曾有過權力中樞承認妖怪的存在並且設置相關職位的時代，但現代就不同了。法律的制定上並沒有把那些超自然的存在放在前提。

「目前音無董事長除了我之外並沒有把這件事情告訴過其他人，也不覺得自己的行為是正確的，而且還希望給自己的孩子們一個警惕。可是如果他今後改變想法，搞不好會教導孩子們如果遇上困難的時候只要藉助於妖怪的力量就能一切順利。因此也必須防止那些孩子們今後蓄意藉助妖怪力量的狀況才行。」

剛一也有說過，所謂成功的經驗是會讓人上癮的。

「另外，如果讓妖怪方面認為人類會毫不猶豫地拜託妖怪，可以加以利用而積極與人類接觸也不是好事。妖狐吹雪就是因為這樣遭到同伴們制裁了，所以人類方面應該也需要付出同樣程度的代價吧。這樣才叫秩序。」

若剛一當年是自己親手殺害妻子澄，岩永就不會想多說什麼。而且如果吹雪不是因為交易而殺害澄或把敵對的同族驅離住處，就不算什麼脫序的行為，岩永也沒有必要特地高舉秩序的鐮刀了。

九郎疑惑地稍微歪了一下頭。

「現在已經知道音無董事長因為惡性腫瘤而餘生不長，應該姑且算是付出代價了吧？」

「如果是年紀尚輕時患病倒下就算代價了，但他已經八十一歲了喔？甚至可以說是長壽了。而且也不知道他到晚期真的會痛苦到什麼程度。照他那個年齡甚至有可能因為腫瘤以外的原因更早、更輕鬆地離開人世呀。周圍的人看到這樣的狀況，就會認為董事長的選擇是正確的，董事長自己在斷氣的那一刻搞不好也會覺得自己的行為或許是正確的。要是我不稍微介入一下，就不合道理了。」

既然剛一由於腫瘤的轉移得知了自己的餘生而讓心境得到平穩，就不叫付出代價了。因為那反過來可以說他在那之前心境都不平穩，所以岩永並不認為剛一是打從心底覺得自己不對。也可以說是剛一對秩序抱有畏懼而已。

九郎不禁露出苦笑。

「妳還真嚴厲啊。」

「我這樣已經算很寬鬆了。」

對方可是日本居指可數的大財團的董事長，因此岩永在判斷與行動上都很慎重。

「而且董事長為了糾正自己過去的行為竟選擇來委託我，這在秩序的意義上也是很危險的行為。」

岩永認為這點才是最大的問題。

「危險？」

九郎的反應看起來似乎無法理解的樣子，於是岩永點點頭回應：

「在正常的世界中，好好一個大人通常應該不會對我信任到這種程度吧？這就證明音無董事長的內心認為遇上困難的時候是可以拜託超乎常理的存在呀。」

「哦哦，畢竟如果對超乎常理的存在沒有相當程度的信賴，就不會跟妳扯上關係啊。」

就算是人間的法律無法制裁，而且搬到檯面上也不會被人相信的內容，居然會把自己過去的殺人行為告訴一個外觀上像個中學生，而且自己只有透過傳聞知道的小姑娘，絕不是用一句「大膽」就能說明過去的。

「也就是說，董事長自己就是被過去藉助於詭異力量而獲得成功的體驗所束縛。雖然說藉由詭異的力量糾正那樣的過去也不算是不合道理的想法就是了。」

光是思考起來就讓人肩膀痠痛。要是不叫九郎一起來幫忙，根本就幹不下去了。

「所以說，這是一件我必須盡到自己責任的案件呀。」

九郎大概是體恤岩永的職責而沒有擺出拒絕幫忙的態度，一邊露出在回想自己今後行程的眼神並開口問道：

「然後呢？具體的流程又是怎麼樣？聽起來董事長似乎自己有一套計畫是吧？」

剛一在那場會面之前感覺已經大致上完成了準備工作，只剩下讓岩永答應委託而已。對剛一來說，岩永只是進行計畫的零件，主導權終究是在他自己手中。不知該說是他完全沒考慮岩永會拒絕委託的可能性，或者說如果岩永有表現出打算拒絕的跡象，他就會在保持不失禮節之下營造出讓岩永難以拒絕的氣氛與空間吧。

如果對方是把一切工作都丟給岩永，其實岩永反而還比較好做事。然而在這個階段的策略攻防上，岩永無論如何都贏不過剛一。

「我本來以為董事長是要我捏造出一個把他當犯人的虛假真相，但實際上並沒有那麼單純。」

畢竟剛一應該也不曉得岩永其實很精通這類的手段，因此他沒有把工作全部放任給岩永也是沒辦法的事情。

「董事長基於『就算強迫孩子們聽別人說明我是犯人，他們也很難打從心底接受那種說法。因此要讓他們自己去思考，然後在那過程中讓他們產生並增強對我的懷疑。在這樣的前提之下得出一個能夠說得通的說明，他們想必就會確信我是犯人了。』這樣的意圖，對孩子們提出了『試著說明二十三年前我殺害了太太澄小姐是事實』的課題。最巧妙達成這項課題的人，在繼承董事長遺產的時候就能獲得優先權的樣子。」

「畢竟對方就算沒有疾病也已經很高齡了，自然會出現繼承方面的問題。可是優先權又是什麼？」

九郎的聲音聽起來很傻眼。岩永當初聽到這段話的時候也同樣覺得「這手法雖然有效，但這樣做不是會讓親族間產生沒有必要的問題嗎？」而感到頭痛過。

「雖然不至於到『把所有遺產全部給一名優秀小孩』的程度，不過意思就是在法律許可的範圍內能夠優先選擇自己想要什麼、要怎麼分配遺產的權利。畢竟根據繼承的東西，獲得的利益就會有所不同，而且自己想要的東西也有可能被其他繼承人搶走，因此正常狀況下小孩們應該無法忽視這項課題吧。」

只要扯上這樣的利益得失，小孩們應該就會積極回想過去的事件中剛一讓人感到可疑的言行舉止。而透過這樣一層濾鏡觀察下，即使是跟事件毫無關係的發言或行動都會變得可疑。如此一來就能讓剛一的孩子們在心理上更容易相信自己父親是犯人吧。

「然後我的工作是裁定並排序出誰的說明最優秀。」

剛一的策略雖然符合他的目的，可是岩永在那策略中被分配到的角色感覺是最容易遭受責備的立場。畢竟那事實上等於是讓岩永決定遺產分配方法的意思。

九郎似乎也能想像出這個角色有多辛苦的樣子。

「還真是麻煩。提出牽扯到遺產繼承的課題，如果是推理小說根本就是會引發殺人事件的設定嘛。當那種評審也感覺很容易遭人怨恨啊。搞不好也會有人試圖討好妳，想讓妳做出對那個人有利的判定吧？」

「應該也有人在對我進行個人調查吧。而且除了判定優劣的工作之外，董事長為了讓孩子們能夠提出適切的說明，甚至還期待我能對孩子們提供意見或確認他們提出的說明之中有沒有明顯的矛盾與錯誤。說是要藉此引導出精準度更高的說明。」

岩永如果不是妖魔鬼怪們的智慧之神，早就考慮要全力拒絕這項工作了。但無奈她事實上就是智慧之神，因此想拒絕也無從拒絕。

「什麼叫適切又精準度高的說明，真相不就是董事長讓妖狐去殺人的嗎？」

感覺那個說明本身就會被認為是矛盾與錯誤了。

「因此應該說是適切的虛假說明。董事長似乎非常相信孩子們的能力，認為他們各自可以得出某種解答的樣子。但事實上如何還真難講呢。」

「畢竟那董事長有不在場證明，孩子們應該不會那麼容易就想出把父親當犯人的解答吧。」

九郎跟著岩永參與解決過許多事件，因此想必也很清楚根據已知的情報與理論構築出答案並不是一件容易的事情。

岩永接著嘆了一口氣。

「恐怕到時候需要我把大家引導向我預先準備好的『適切的虛假解答』吧。真是徒增麻煩的手續呀。」

「雖然最終利用我的能力決定出小孩們把董事長當犯人的未來應該就能確實達成目的了，但還是需要一個足以決定那種未來的解答啊。」

九郎由於吃過人魚以及叫「件」的一種能夠預知未來的妖怪，而擁有讓可能性很高的未來必定發生的能力。雖然沒辦法在不可能發生的狀況下讓不可能發生的事情發生，不過就算是很稀有的事情，只要能預先湊齊發生的條件，他就能讓事情確實發生。

這能力根據使用方法就能在賭馬中讓自己確實中大獎，把人的行動或思考誘導向某個方向也不是不可能的事情。拿這次的例子來說，只要準備好一個讓剛一的孩子們有可能相信的解答，並營造出讓他們會相信的狀況，九郎就能決定出大家確實會相信那個解答的未來。

只不過如果能夠營造出那樣的狀況，其實就算什麼都不做應該也能達到那樣的未來。九郎的能力可以說只是讓事情發生的可能性提高到百分之百而已。話雖如此，但如果有辦法讓自己所期望的事情確實發生，就能安心放手一搏，心理上也能比較強勢。畢竟就算失敗的可能性不到一成，如果那個失敗會導致致命性的結果，在成功率高達九成的賭局中依然還是會讓人感到猶豫。因此這能力可以說很方便，也可以說不怎麼好用。

岩永雖然不覺得這次會遇上必須依賴九郎那項能力的局面，不過如果他能做好這份覺悟，岩永也可以比較安心。至少可以知道他會陪自己一起到現場去。雖然這點程度的事情居然還需要其他根據來輔助才有辦法安心的情人本身就讓人感到很不安就是了。

九郎彷彿忽然想到一個疑問似地皺起眉頭。

「如果是那樣的程序，其實擔任評審的人就算不是妳也沒關係吧？董事長自己擔任也可以啊。既然是要討論家族內殺人之類的議題，有外來的人物加入不是反而會讓大家提高戒心，更不容易引導出解答嗎？」

「我也是有那樣質問過董事長，可是對方回答我說『有局外人在場就能讓小孩們不得不認知到這並不是什麼家族內部的娛樂活動。而且相信怪異存在的妳也相信是我殺害了澄小姐。這樣一個第三者的存在想必可以更進一步讓孩子們感受到「我是犯人」的前提是一件事實吧。』這樣。」

換句話說，在這點上岩永拒絕委託的選項同樣被封殺了。實在是計畫周詳。

九郎也把手臂交抱到胸前，抬頭仰望天花板。

「如果除了音無董事長本人以外還有其他人物確信董事長是犯人，光是那樣的氣氛就能讓前提的可信度完全不同了是吧。」

「那個人就是打算把我的存在徹底利用呀。」

即便剛一是個心地再怎麼善良的老好人，如果沒有這點程度的機智想必也無法爬到現在的地位吧。

把原由狀況都告訴九郎後，岩永接著開始說明起具體的日程計畫：

「這個週末，九月三日星期六中午，董事長會將各方代表人集合到飯店，詢問各自對這項課題的解答。不過詢問最終解答是在隔天星期日的中午之後，在那之前會安排時間讓聚集在場的人議論或交換情報，修正各自所想的解答。到時候可以更改成跟原先完全不同的解答，也可以向我提出暫定的解答並尋求意見。」

相關人士齊聚一堂也是在遺產繼承故事中的固定模式，營造出「彷彿有什麼恐怖的事情即將發生」的舞臺設定。而剛一就是希望那樣的事情發生，期望「大家接受他是殺害妻子的犯人」這樣一點都不溫和的結果。

「也就是說讓大家互相討論與牽制，把對方的想法也融入自己的解答中提升說服力，製造出大家都會相信董事長是犯人的狀況是吧。」

九朗也正確理解了這個用意。

「沒錯，讓心理上傾向把董事長視為犯人的人們聚集在同一個場所，互相討論一整天的時間，就能誘導大家的思考更加認為董事長是犯人了。」

就算在最壞的狀況下沒能得出適切而有說服力的解答就散會，大家想必還是會留下「是剛一殺掉澄」的強烈懷疑吧。
九郎不禁皺起眉頭。
「感覺會是一場很糟糕的聚會啊。」
「九郎學長也要來參加那個聚會啦。」
對岩永來說，要自己一個人在那種場所待上兩天也是無聊。最起碼也要分配一間飯店的好房間給兩個人放鬆休息之類的額外報酬才划算呀。
九郎一副很刻意地站起身子走到掛在牆上的月曆前。
「這週末啊。我要打工。」
「所以我就是請你現在去推掉工作呀。難道你打算丟我自己一個人去參加那樣糟糕的聚會嗎？」
岩永很清楚就算自己這樣講，九郎也不會改變心意。因此岩永在不得已之下只好提出應該會讓九郎湧起幹勁的交換條件：
「我也是覺得對學長很不好意思喔？所以我今天為了學長，特地穿了一套性感的內衣來呢。是佩斯利花紋的喔。你看。」
為了讓對方親眼見證究竟有多性感，岩永站起身子並掀開自己的裙襬，卻被對方當場制止了。
「不要這樣。妳本來就沒什麼性感的要素。零不管乘上什麼都是零。而且光是選擇了那種花紋就已經完全不性感了啦。」

佩斯利花紋哪裡不好了？有人說這花紋是模仿水果的斷面，不是很淫靡嗎？

九郎讓岩永重新坐下來，自己也跪到她面前深深垂下肩膀。

「六日我會盡量安排啦。比起妖怪或怪物間的問題，感覺跟人類應對反而比較累人啊。」

岩永完全同意這個講法。在夜晚的深山中與一隻能夠活吞賽馬的巨蛇面對面還感覺比較輕鬆。

話雖如此，在岩永腦中其實已經有一套讓這次的事情以適當的形式落幕的計畫。但唯有一點稍微讓她感到在意。

剛一在與岩永初次見面的階段會不會就對岩永信任過頭了？就算剛一由於過去的成功經驗而在心理上對怪異存在容易產生信賴，他對於岩永的事情應該也只知道傳聞程度的情報而已才對。即使是從岩永身上感受到不尋常的氛圍，應該也不至於就表現出確信到那種程度的態度吧。而且當岩永詢問是否可以帶名叫櫻川九郎的男朋友一同出席的時候，剛一也是二話不說就同意了。

難道說對於剛一那樣擁有豐富的社會歷練、一路來守護大企業度過重重難關的人物來說，見到岩永這樣的存在時別說是氛圍而已了，甚至可以看到明顯與人類不同的部分嗎？若真如此，在剛一眼中看起來的九郎又會是如何呢？要是他表現得過於驚訝失措，岩永搞不好也會感到不悅而想要當場掉頭走人吧。

如果真的遇上那樣的狀況，也只能到時候再進行判斷了。現在比較讓岩永擔心的是，到現在還沒有把衣服摺好收拾完畢的九郎會不會已經忘記接下來要一起出門去看電影的約定了？

九月三日星期六，中午過後。岩永琴子與九郎來到一間高級飯店套房的客廳中。不只是岩永和九郎而已，現場還有剛一以及為了今天的事情召集而來的三名關係人。這個房間這一天就是為了剛一的課題而特地準備的。

這飯店是音無集團旗下最大的一間飯店，有時候也會被當成重要人物的住宿或會議場所。畢竟是那樣一間飯店的套房客廳，空間自然不會小。房內擺設有幾張沙發與桌椅，空間大到甚至可以舉辦個小派對，深處還有廚房與吧檯。可說是相當適於讓少量的人聚在一起休息或進行密談的場所。

岩永與九郎並不是被分配到這間房間過夜。這裡是讓與會者們針對剛一提出的課題互相討論、檢證並提交解答的場所。飯店有另外準備房間給課題的參加者們住宿，有必要的時候會召集大家到這間套房來處理課題。這段期間中要一直留在這裡也可以，要出去飯店外面也可以，或是選擇窩在自己房間也可以。

簡單來說，這間套房是為了讓關係人們不需要在意外人目光，可以放心討論過去的殺人事件並指證剛一是犯人的空間。

岩永在課題期間中基本上都要待在這間套房接受參加者們的提問或回答，不過在別的樓層也有準備一間房間給她和九郎，她要到那房間休息也可以。

剛一在事前就已經將這些準備工作安排妥當，因此當岩永與九郎來到飯店的時候連登記入住手續都不需要辦理，飯店人員就將套房與住宿用房間的鑰匙卡交給他們，並且帶他們到套房樓層了。飯店人員應該也沒有被告知詳細的內容，因此在看到岩永的樣貌時內心肯定覺得很奇怪吧。

如此這般到了中午，岩永把貝雷帽掛到房間深處的掛帽架上，握著紅色拐杖輕輕坐在套房客廳的椅子上。九郎則是用一副像個執事或祕書般的姿勢站在岩永的椅子後面。他剛抵達飯店的時候雖然是一如往常地打扮得像個不起眼大學生的標準樣本，但畢竟要考慮到場所與參加人物，因此現在換上了一套黑色西裝，還打了個領帶。配上他高䠷的身材，看起來相當有型，讓岩永都不禁讚嘆。

接著，坐在岩永近處一張椅子上的剛一態度愉快地對身為課題參加者的三名男女說道：

「就像我事前所說的，我這次希望大家能提出一個指證是我殺害音無澄小姐的合理說明。提出的解答最優秀的人，在繼承我的遺產時將能獲得優先權。對解答的評價則是由坐在這裡的岩永琴子小姐裁定。」

三名男女坐在桌子對面各自沉默，有人看起來坐立難安，有人看起來內心焦躁，有人則是露出苦笑的表情。

「最終解答是在明天中午，由我在這裡聽大家說明。在那之前大家要向琴子小姐提交多少次解答都沒關係，要變更解答或請求修正也可以。結果將根據明天提交的最終解答進行決定。在這段期間中，琴子小姐對於各位提出的解答或詢問都會給予適切的糾正與建議。」

三名男女微微將視線移向岩永，於是岩永面露微笑回應，但那三個人卻都感到有點困惑地動了一下身子。那反應看起來似乎對於岩永會如此斯文回應感到很意外的樣子。

剛一則是彷彿迫不及待被大家指證為殺人犯似地繼續說道：

「本來應該讓擁有繼承權的孩子們直接來回答課題是最好的，但現在這些人以代表來說也無可挑剔。至少各位都應該有能力推理出真相這點不會錯。雖然我事先已經向琴子小姐說過了，不過就讓我再介紹一次吧。」

岩永配合剛一的聲音，筆直看向眼前的三個人。

「坐在正前方的是我的次男晉。右邊這位是我長女薰子的丈夫藤沼耕也。左邊這位是我長男亮馬的女兒，也就是我孫女莉音。」

剛一原本是希望由亮馬、薰子與晉三位兒女來參加，然而親自前來的人卻只有晉，長男與長女則都是由代理人出席。

晉現年五十歲，是音無集團的常務董事。於在場的人物之中，社會地位僅次於剛一，在社交界也廣為人知。體格健壯，相貌強烈，光是坐在眼前就能感受得到在大企業中身負要職的氛圍。

晉從進到這間房間之後就一直板著臉，難掩焦躁的態度。而岩永的樣貌似乎更加深了他那樣的心情。

長女薰子的丈夫耕也雖然與剛一沒有血緣關係，不過立場上還是可以從遺產得到相當大的利益，因此被認為即使是以代理人的身分參加也應該會認真面對課題。而且只要耕也確信是剛一殺害了澄，薰子想必也會相信。另外剛一也表示過「耕也比起薰子腦袋較機靈也較有膽識，比較能夠對課題得出最佳的解答，因此我本來就認為應該是他出席了」。

耕也現年五十六歲，不過外觀上看起來比實際年齡還要年輕許多，是個彷彿對任何事情都充滿自信的男人。一套亮色的名牌西裝穿在他身上顯得理所當然，即使在高級飯店套房中也一點都不讓人覺得格格不入。據說是一家全國連鎖中古車販賣公司的總經理，公司業績也很安定。見到岩永時的眼神雖然同樣帶有驚訝與困惑的感覺，不過並沒有感到意外之類的動搖心情。

長男亮馬的女兒莉音對剛一來說是孫女，因此同樣可以得到遺產的恩惠。岩永聽說她現年二十一歲，是就讀於某間國立大學的學生。在與會人物中年齡僅大於岩永，而且有別於在場的男性們，並沒有因為要來到高級飯店就打扮得正經八百，而是穿著應該是她平常就在穿的牛仔褲配襯衫，坐在沙發上。雖然看起來似乎並不習慣這樣的場面，但也沒有表現得畏縮，感覺是抱著堅定的意志參加課題。

她的臉蛋屬於美人的類型，身高約是女性的平均高度，容貌上可說是相當出眾。剛一則是基於「畢竟亮馬是個把料理擺第一的人，不可能為了出席而讓自己的餐廳休息。而對於莉音來說，祖母的殺害事件是發生在她出生之前的事情。正因為如此，她應該能夠撇除先入之見看待事件，提供大家不同的觀點。」的理由同意讓她出席的。

三個人三種態度，不過可以清楚知道沒有人是抱著玩笑或娛樂的心情。他們各自都為了得到某種最佳的結果，感覺聚精會神的樣子。

岩永已經有在腦中描繪出最終的結果，但願大家都能盡量少惹多餘的麻煩事，乖乖依循岩永的計畫就是了。

就在這時，晉無視於岩永而只盯著剛一，發出堅硬的聲音：

「爸，我是因為不管怎麼問你都不回答，所以才在忙碌之中撥空出席，乖乖坐在這裡的。但你的目的究竟是什麼？」

如果他知道了父親餘生不長的事情，或許態度上還會有所不同。但岩永也能理解他身為剛一的親生兒子難忍抗議這場鬧劇的心情。

剛一於是輕輕一笑。

「就如我所說。我只是希望讓你們知道實際上是誰殺害了母親的真相，並了解這個罪惡必定會遭受報應。」

「媽才不是爸殺害的，而且假設真是那樣，事到如今制裁那種事情又有什麼意義？」

「在你們得出真相的時候想必就能理解那個意義了。」

面對從容回應的剛一，晉實在顯得不利。

晉接著伸手指向岩永。

「那麼指定這個像人偶一樣的小姑娘當評審的理由又是什麼？她根本和這件事一點關係都沒有，而且假設真的是爸殺死媽的話，就更不應該讓她在這裡吧？」

「因為琴子小姐是最能夠評價真相的人物。」

剛一完全沒有提出任何根據，語氣也非常溫和，但卻讓人感到有說服力。岩永也只能欽佩，大企業之首果然等級就是不一樣。

就在這時，剛一默默向岩永示意。於是岩永握著拐杖站起身子，朝三個人行禮後開口說道：

「恕我問候得晚了，我名叫岩永琴子。站在後面的這位則是櫻川九郎。由於我的右眼是義眼，左腳是義肢，所以特別獲得允許讓櫻川一同出席，好在萬一的狀況時能夠照顧我。」

如果在這個時間點向大家介紹九郎是自己的男友，感覺會給人一種不正經的印象，因此岩永只有說明到這個程度。也因為這樣九郎才沒有坐到椅子或沙發上，而是像個隨從般站在岩永身後。

「我和櫻川在這裡所見所聞的一切事情都不會外傳，明天踏出飯店的那一刻就會全部遺忘。因此這兩天請各位放心討論並將解答告訴我。」

岩永不在意那三個人的反應，平靜淡泊地說著。

「我會依循音無董事長的期望，鑒於真相與秩序，公正評價各位提出的解答。」

她最後再度鞠躬行禮後，坐回椅子上。眼前的三個人雖然互相觀望其他人要如何對應岩永這段話，不過剛一緊接著就站起了身子。

「就是這樣，我期待各位明天提出的解答。那麼就讓我重申一次：二十三年前，是我殺害了澄小姐。我就是犯人。希望各位能詳細推論出這個真相。」

如此說完後，剛一便踏著滿足的腳步離開了房間。明明無論在年齡上、外觀上或是健康上剛一都應該要比岩永更需要有人跟隨照顧才對的，可是他卻絲毫不讓人感受到那樣的擔憂。怪不得周圍的人都沒有察覺到他的病況。

或許是因為自己長年來的期望與計畫總算接近完成而使他情緒高揚，甚至超越了衰老與病痛吧。

不管怎麼說，終於要正式開始了。岩永輕撫著拐杖的握把部分，望向眼前的三個人。

音無莉音從踏入這間飯店套房之前就一直在思考，自己究竟是被扯進了什麼樣的計謀之中？然而就算來到了現場之後也依然連解開疑惑的線索都找不到。甚至可以說是讓疑惑變得更深了。尤其是這個叫岩永琴子的女孩實在教人摸不清。

一切的開端是在上個月的月中，莉音的父親亮馬被祖父剛一叫去談話，結果一回來就對莉音說道「爸出了個莫名其妙的課題，妳代替我去做。」這樣一句話，把事情都推給了莉音。據說是剛一對三個孩子提出了一項課題，表示自己過去曾犯下過殺人行為，要孩子們推理出他究竟是怎麼辦到的。

剛一甚至還準備了獎賞，說會根據解答的優秀順序給予繼承遺產時的優先權。看起來那樣溫和的祖父為何會提出這種可能引發不和的課題？莉音心中比起驚訝更湧起了某種警戒心。

莉音與剛一之間僅有一年見到幾次面而已的關係。祖父是世界規模的飯店集團董事長，而父親雖然是長男卻跟集團沒有扯上關係，自己獨立出來經營著一間小規模的和食料理店，自詡是個出生成長都很平凡的庶民。

父親的店雖然形式上姑且算一間日本料亭，但實際上的經營構想是「可以吃到稍微奢侈一點的和食的店」。晚上會提供正式的全餐料理，不過中午則是把重點放在價格實惠的套餐料理或丼飯類。莉音也聽說過，亮馬的目標是讓學生或上班族群也能輕鬆入店。

話雖如此，不過亮馬過去是在一流的日本料亭修行，身為廚師的實力甚至足以在音無集團旗下的飯店裡開餐廳的程度。然而他本人比起那種從材料上就講究使用高級食材的料理更想做的是日常生活中可以輕鬆享受美味的料理，因此才刻意把餐廳的氣氛營造得比較輕鬆。以這樣的基準來看，亮馬的餐廳評價很高，客人也源源不絕。

莉音也有聽母親說過，亮馬雖然年輕時身為大財團家的長男過著一流的生活、享用一流的料理，為了繼承集團而受過經營方面的特殊教育，然而卻因此形成內心反彈，討厭起高尚講究的東西，對於靠自己的雙手創造東西的職業產生憧憬了。

要是過去有哪個環節稍有不同，搞不好現在莉音也會身為音無集團的千金小姐，住在一棟豪宅裡。當莉音這麼想的時候，比起憧憬反而更覺得那樣的生活應該很拘束。

畢竟親戚間多少還是會有交流的緣故，遇上婚喪喜慶的時候莉音也會跟叔叔姑姑們見面，也會與堂兄弟姊妹們問好，但從來沒有交談過私人部分的話題。每次到訪父親那間從大門到宅邸不知有多少距離的老家，莉音總會覺得是跟自己不同的世界。

因此聽到祖父的遺產什麼的，莉音也一點概念都沒有。父親亮馬似乎也是一樣。現在餐廳經營得很順利，也沒有什麼貸款，住在大樓公寓的生活也沒什麼特別的不滿。亮馬反而擔心上億元的遺產進來可能會導致不必要的麻煩，而母親也是抱著同樣的想法。

對莉音來說則是覺得今後不曉得可能發生什麼事情，所以能拿的東西還是拿了比較好。但與此同時也擔心繼承了那樣鉅額的財產，今後管理起來可能會很辛苦。

因此對於祖父提出的這項課題，莉音只有感到困惑。而且相當於自己祖母的人物是在自己出生之前就遭到殺害，莉音只有看過照片，也不記得父親或其他親戚針對祖母有說過什麼。「殺人案件的受害者是自己家人」的感覺完全湧不上莉音的心頭。亮馬在事發當時是三十三歲，畢竟也有接受過警方問話，應該不會覺得跟自己無關。然而對莉音來說，那實在是跟自己沒什麼關係的事情。

就算要求她說明事件的犯人其實是祖父，莉音也只有感到莫名其妙的份。

可是亮馬對於這項課題似乎並不覺得是剛一在開玩笑或一時心血來潮。

『照爸的個性，其中應該有什麼理由才對。也許是想讓我們察覺某種如今才能攤開的事實吧。』

剛一在說明課題內容的同時，甚至還提供了當時警方詳細的調查資料。已經不能算是惡作劇的程度了。

『如果是自己父親殺害了自己母親，對爸爸來說應該是相當有衝擊性的事情吧？你怎麼還能那麼冷靜？』

亮馬比起課題內容更先把注意力放在對方意圖的態度讓莉音不禁感到懷疑。那反應簡直就像父親覺得即使是祖父殺害了祖母也不值得驚訝，比起那種事情還有更重要的問題讓他在意的感覺。

亮馬沉默了一段時間後，用持續在思考的眼神回答：

『當時因為媽過世，讓一切的事情都變得順利了。就算爸是犯人，我也不會怨恨他。不過爸當時有不在場證明，應該不可能是犯人才對啊。』

接著或許是因為腦中整理不出一個結論的緣故，他發出苦澀的聲音：

『爸是說想要讓我們知道罪惡必定會遭受報應。我想爸應該是對於二十三年前的事件至少知道什麼特別的事情吧。』

亮馬將調查資料塞給莉音後，清楚說道：

『我是事件的當事人之一，也有先入之見。妳搞不好會比我更能看穿真相。關於遺產也是，妳如果有什麼想要的東西就自己提出要求吧。雖然我覺得妳應該會認為是為了不要繼承到自己不想要的東西而獲得優先權會比較好就是了。』

亮馬真的很清楚自己的女兒。莉音雖然還有其他想質問的事情，但亮馬不讓她有那樣的機會，也不讓她有拒絕的藉口。

『而且晉遇到這種事情時絕不會假手他人，肯定會親自出席吧。他跟我見面就只會起爭執，所以還是妳出席比較好。』

亮馬與弟弟晉的感情相當差，莉音從來沒有看過那兩人正常交談。據說他們是從十多歲的時候就合不來，而且那樣的關係直到現在還持續著，可說是根深柢固。兩人甚至互相都不知道直接聯絡對方的方法。

至於莉音本身則是對身為叔叔的晉沒有什麼負面感情。雖然不到親近的程度，不過晉有告訴莉音自己的電話號碼與電郵地址，說如果遇上什麼煩惱都可以找他商量，是個懂得體貼的人。因此一方面為了不要讓現場混亂，莉音也只好出席了。

如此這般，莉音來到了指定的高級飯店，被帶到住宿用的房間過了一段時間後，又被帶到了這間高級套房。就在這裡，莉音見到了這次奇怪的課題中被選為評審的岩永琴子。

剛一提供的資料上只有說明岩永是現年二十歲的大學生，同時是個古老豪門家的獨生女等等資料。而亮馬由於已經離開社交界，因此也不清楚那方面的傳聞。既然會被剛一特地選上，想必不是什麼普通的千金小姐。莉音雖然是抱著這樣的想法來到這裡，但岩永的存在還是超出了她的想像。

那女孩看起來楚楚可憐、容貌工整，感受不到體溫，讓莉音一開始甚至以為是一尊真人大小的少女人偶擺在那裡。雖然因為對上視線時對方會微笑回應，所以莉音知道那不是人偶，但對方充滿稚氣的臉蛋與嬌小的身材實在讓莉音難以相信只跟自己相差一歲而已。另外，岩永的舉止和言談都感覺毫不怯場，對於在場的所有人彷彿都不當一回事，散發出宛如強者的從容氣魄。

據岩永說她分別有一邊是義眼與義肢，所以還帶了一位負責照顧她的青年一起來。那位青年雖然身材高眺、姿勢端正，但容貌上卻讓人不容易留下印象，站在岩永身後更讓他顯得沒有存在感。然而當發生什麼事情的時候，搞不好那樣比較能夠在不引起任何人的注意下迅速行動吧。

這人不可小看，不能被外觀矇騙。岩永琴子絕不是被帶到這裡來當花瓶的千金小姐。莉音不禁提升了自己的專注力。究竟這女孩對評審結果上有多大的影響力？剛一究竟放給她多大的權限？

剛一離開房間後好一段時間內，大家都保持著沉默。雖然剛一要大家到明天中午之前針對事件互相討論並修正解答，但這種事情並不是那麼輕易就能講出口的。

晉與耕也或許都由於年齡以及社會立場等因素，反而更無法輕舉妄動。因此莉音打算由自己來打破這個沉重的氣氛，卻沒想到岩永先用一副徹底去除緊張、放鬆力氣的態度開口說道：

「呃～各位辛苦了。哎呀～有錢有權又有智慧的老人家想出的壞主意實在讓人為難呢。」

何止是放鬆力氣而已，她甚至擺明感到厭煩似地對莉音他們甩了甩手。到剛才還像個陶瓷人偶般冰冷的存在忽然就變得像個人類，或者說是像個普通的女孩子了。

「我想各位或許都在懷疑我『究竟是何方神聖？為什麼會在這裡？是不是在幫忙做什麼壞事？』而對我抱持警戒吧。」

岩永環視莉音他們後，表情不悅地繼續說道：

「但是請各位仔細思考看看，其實感到最麻煩的人應該是我呀。各位畢竟是董事長的關係人，因此被叫到這裡來也是沒有辦法的事情，然而我完全是個局外人喔？可是卻被任命這樣莫名其妙的工作，今天還特地空出時間遠道而來。或許有人會說既然不想做，當初拒絕不就好了。但是那個音無董事長提出的請求，我有辦法拒絕嗎？」

「妳這樣講也不是不能理解啦……」

對於岩永如此不加掩飾的說詞，晉頓時一副驚訝失措地表示同意了。

「而且還要我對各位進行評價、列出排名，這樣無論如何都會被評價較低的人埋怨呀。今後根本不曉得會遭受到什麼樣的報復。」

雖然莉音跟父親亮馬並沒有能力對古老豪門家的千金小姐做出什麼事，不過晉和耕也或許就有可能了。

結果耕也立刻慌張地搖搖頭。

「不不不，我們再怎麼說氣度也不會那麼小啦。」

「而且爸也不會容許的。」

晉也從旁附和，然而岩永卻咋了一下舌頭。

「但董事長也不可能永遠活著，要是在他過世之後有人對我動手我也很傷腦筋。可是現在董事長還健在，所以要是我不好好盡到責任又會惹他不高興。這樣下去不管事情怎麼發展，對我來說都只有壞結果呀。」

這麼說來也對。莉音從沒想過岩永可能是個受害者。不過在資產家一族的遺產繼承中被選為評審，想當然是一件很麻煩的事情。

然而莉音並沒有因此就完全卸除對岩永的疑心。

「那麼岩永小姐是為什麼會被祖父大人選上的呢？祖父大人總不可能選一個什麼能力都沒有的人吧？」

對於莉音這個詢問，岩永看向晉與耕也。

「兩位沒有對我進行過個人調查嗎？」

「我有試過，但是能夠信任的調查公司全都拒絕我了。從那個理由我就可以知道妳是很特殊的人物。大家一致的意見都是『絕不要對岩永家的千金出手』啊。」

晉立刻承認後，耕也同樣不予隱瞞地說道：

「我是剛好外甥在高中時代跟岩永小姐是同個社團的。叫天知學，不知妳還記不記得？他忠告我說絕對不要與妳為敵啊。」

「哦？原來您是天知社長的親戚呀。如果是那個社長，應該要把我的事情傳達得更帶有好意才對的說。」
「呃不，學也沒有惡意，拜託妳不要在這件事情上怨恨他。」
耕也馬上對這點提出了糾正。看來只是莉音不曉得而已，這個岩永琴子果然在某個階級的社會中是個出名人物。而且評價上似乎比較接近於惡名的樣子。
岩永沮喪地垂下了肩膀。
「總之就是有些謠言在我不知道的地方擅自傳開，結果讓董事長看上的吧。董事長的目的就是讓帶有可怕的謠言，而且從容貌上讓人難以捉摸真面目的我在現場，藉此給予各位緊張感，讓各位認真面對課題。」
她接著搔一搔看起來很柔軟的秀髮，彷彿在哀嘆自己的不幸般繼續說道：
「哎呀，另外也是因為我過去跟幾樁事件扯上過關係，在解決問題上幫過一些忙，所以比在場的各位稍微習慣於推理和構築假說就是了。」
看來這位千金小姐有過不少不尋常的逸聞。
岩永深深嘆一口氣後，露出嚴肅的表情。
「言歸正傳，我一點都不希望因為這個工作遭受任何人怨恨。如果可以，我甚至希望能早早完成任務。站在這裡的九郎學長其實也不是我的看護，而是我從高中時代就在交往的男朋友。」
這人一臉嚴肅地在講什麼話？耕也雖然對她這段「男朋友」發言稍微做出反應，不過岩永不予理會地繼續說道：

「這次難得可以跟男朋友一起在高級飯店過夜，誰不想好好享受一番！房間的浴室也那麼寬敞，我還打算一起洗澡，從壺洗開始玩玩各種玩法呢！」

站在岩永後面的九郎忽然對她的腦袋狠狠揍了一拳。如果只是普通的看護絕對不可能這樣毆打楚楚可憐的千金，但就算是男朋友應該也不會揍得這麼狠吧。晉和耕也也都當場愣然，現場的緊張感也煙消雲散了。

莉音雖然也當場愣住，不過因為出現了自己不知道的詞彙，於是詢問晉：

「叔叔大人，『壺洗』是什麼？」

「呃，那種事情應該是耕也先生比較清楚吧。」

「晉先生，那種逃避方式太狡猾啦。」

兩個大人都態度尷尬地互相推卸著。看來那是不應該當著面詢問意思的詞彙。

被揍的岩永抓起拐杖反擊九郎，但接著又清了一下喉嚨，重新面對莉音他們。

「不好意思，我讓私慾外洩過度了。畢竟上次去泡溫泉的時候，我沒能跟學長一起入浴呀。不過我想各位應該也不希望勾心鬥角打心理戰，疑神疑鬼地過到明天吧？」

這個千金小姐的言行究竟哪些是認真的？哪些是故意的？哪些又是胡鬧的？晉和耕也在出席這場聚會時想必也有做好某種程度的心理準備才對，但岩永卻用恐怕超越了他們預想的強烈個性擾亂了整個現場的氣氛。主導權是握在她的手上。晉和耕也大概也有感受到這點，因此沒辦法冒然回應的樣子。

至於莉音在這點上，立場比那兩人輕鬆。於是為了多少摸清岩永的目的，而試著率直認同對方的講法：

「說得也是。大家都是親戚，把氣氛弄糟也很無趣呀。」

晉和耕也也都沒有表示反對。

岩永微微一笑後，接著提議：

「所以說，就來場串通協商吧。」

套房中現在只剩下晉、耕也與莉音三個人。岩永剛才從掛帽架拿下貝雷帽，留下一句「我大約一個小時後會回來，在那之前請各位針對我的提議討論看看吧。」之後，便拄著拐杖與九郎一起離開了房間。

莉音來到這間套房坐下來後才經過了一個小時左右而已，但是對於這樣粗暴的事態發展，心境上簡直就像是耗費了一天份的能量。晉與耕也也同樣難掩疲憊。

透過客房服務叫來三人份的咖啡放到桌上後，大家決定來討論一場了。不管是否要接受岩永的提議，都有必要好好討論一下。

晉坐在沙發上，沒有特定對象地開口呢喃：

「那個提議，是爸的計畫嗎？還是岩永小姐的獨斷？」

左手端著杯碟，右手端著咖啡杯站在窗邊的耕也接著皺起眉頭。

「正常來想，應該不會做出無視於董事長想法的行動才對。」

「可是那個大小姐感覺隨便都能做出那種事情吧？」

對於莉音這樣的印象，其他兩人似乎也沒有反對意見。

耕也喝了一口咖啡後，將杯子端離嘴邊。

「那個提議本身並不算懷。姑且不論董事長真正的用意是什麼，他要求的內容是要我們說明二十三年前殺害音無澄小姐的人是董事長。只要能辦到這點，就可以算是達成了一定程度的義務。因此『三個人合力討論出一個能夠讓董事長滿意的解答』確實是很合理又有效率的方法。」

莉音用雙手捧起咖啡杯。

「『根據對那個解答貢獻的多寡排名順序』的提議也有一定程度的說服力。」

岩永剛才甚至表示「分別聽三個人的解答太麻煩了」。那樣誇張的發言讓莉音都不禁為她感到緊張了。就算那是真心話也不該講出口吧？雖然岩永接著就被九郎揍了一拳就是了。

「遺產的分配方法也可以由我們事先討論之後，岩永小姐再根據能夠實現各自期望的形式向爸報告排名的方法同樣也很合理。雖然這樣真的完全就是串通協議了啦。」

晉一副感到無趣地總結了岩永的提議。剛一原本是希望讓三個人互相較勁，但岩永卻是提議用大家都能接受的最佳方式解決問題。如此一來三個人就不需要互相仇視打心理戰，岩永也不會因為決定排名而招惹到誰了。

晉抬頭仰望天花板。

「爸也是個一流的經營者，雖然說會給予優先權，不過對於關係到整個集團的資產或權利想必也不會允許不合理的繼承或讓渡吧。然而我和爸的經營方針也不相同，我有我個人希望確保的資產和權利。另外我太太和小孩們對於遺產繼承也有提出要求，我同樣不能置之不理。因此對於這次的課題，我無法忽視。但是反過來說，只要能夠保證我這些要求，在這次的課題中要把我排到第幾名我都無所謂。」

如此說完後，他接著把話題拋給耕也：

「耕也先生，請問薰子姊的想法又是如何？」

畢竟對於晉來說耕也是自己姊姊的丈夫，年齡上也是耕也較大，因此當他直接對耕也講話的時候就會使用適宜的遣詞用字。至於耕也對晉講話的態度同樣也很客氣。或許是因為在社會上晉的地位比較有權有勢，讓耕也怎麼也無法用姊夫的態度對待他吧。順道一提，莉音是分別稱呼兩人為「晉叔叔大人」與「耕也姑丈」（註2）。

耕也一臉感到抱歉似地望向遠方。

「薰子是說她不想讓亮馬先生或晉先生單方面得利。畢竟晉先生對音無集團的貢獻很得到董事長看重，亮馬先生則是剛好相反，完全脫離家族集團走自己的路，那樣的骨氣想必也受到董事長很高的評價。在這點上，薰子似乎有種自己不太受到父親喜愛的感覺，因此要是在遺產繼承上又是兩位獲得優待，她應該會感到更加難受吧。」

註2 日文中「叔叔」與「姑丈」都稱「叔父」，因此原文中在此特別說明莉音對兩人如何區別稱呼方式。

晉針對這點用有點責備的語氣向耕也說道：

「如果耕也先生在自己的事業上利用音無集團，爸就會與薰子姊有更多互動的說。」

「畢竟我也有我的自尊心，不想被人覺得是利用音無家的力量獲得成功的。而且薰子對於金錢其實沒有執著。雖然我現在也算是個小有地位的事業家，不過薰子跟我結婚的時候我的前途決不算是光明啊。」

「也就是說姊單純只是想獲得贏過我跟大哥的滿足感是嗎。在這次的狀況中，大概是想炫耀自己選上的丈夫比我們還要優秀吧。」

「畢竟不管怎麼說，亮馬先生和晉先生都很優秀，所以薰子在這點上也有自卑情結啊。」

莉音聽著這兩人之間的對話，同時回想起姑姑薰子的樣子。雖然沒有講過幾次話，不過在莉音的印象中薰子是個嬌小纖細而漂亮的人。

耕也這時對莉音詢問道：

「亮馬先生對於遺產的想法又是如何？」

就在莉音準備回答之前，晉就一臉苦澀地回應：

「大哥根本不用問啦。他的意見肯定是覺得繼承高額遺產只會帶來麻煩，如果莉音有什麼想要的東西就隨便她拿吧。」

由於實在太精準了，莉音也就沒有多做補充。明明是幾十年來沒有好好交談過的哥哥，能夠說得如此精準還真是了得。

「叔叔大人，你明明那麼了解爸爸，為什麼到現在還是跟他感情不好呢？」

「就是因為我太了解他啦。大哥總是做讓我討厭的事情。要是長男放棄繼承或是拿到的份少得不自然，周圍的人就會開始亂猜測，甚至有人會說是我在背後搞鬼。為了對應那些問題或是在事務處理上給人方便，都不知道會耗掉我多少心力。大哥倒是可以貫徹自己的想法，肯定很滿足吧。」

「總覺得真是對不起呢。」

「哦不，這不是莉音的錯。是大哥不好啦。」

晉因為莉音道歉而露出反省自己失言的表情。看來莉音道歉反而不太好的樣子，於是她趕緊言歸正傳：

「既然這樣，最佳的解決方式就是排名上讓耕也姑丈排第一，給薰子姑姑有個面子，至於要繼承什麼就由晉叔叔大人和耕也姑丈商量調整了嗎？我要是繼承了管理或處分上很複雜的不動產或是藝術品也會傷腦筋，因此只要能顧慮到這點，要把我排第幾名都可以的。」

耕也雖然表情看起來有點困惑，不過他應該也明白這是妥當的結論吧。

「對我來說這樣薰子應該也會滿足，所以我是無所謂啦。晉先生呢？」

「只要耕也先生或薰子姊希望繼承的東西跟我沒有重複，也就沒有必要相爭了。與其競爭誰的解答比較優秀，這樣的應變方式應該會比較簡單。」

晉雖然對一部分抱持保留態度，不過似乎也認為只要那方面可以互相妥協，這個方式就是最佳手法的樣子。

耕也接著皺起眉頭。

「事情還變得真奇怪呢。這原本是一場巨額遺產的競爭，如果是推理小說應該會讓氣氛變得更緊張才對的，可是現在卻一下子就圓滿收場啦。」

「既然評審提議要大家討論協商，自然就會朝圓滿收場的方向發展了。畢竟我們本來就沒有在互相競爭遺產。就算有所不滿，只要是爸的決定，家族們也不會有怨言的。」

「只不過『因為是我最巧妙讓董事長成為了犯人所以獲得優先權』這種事情要是傳出去感覺會很難聽，因此在這點上我倒是有點猶豫就是了。」

耕也似乎覺得「就算成為第一名也有這方面的弊害」而露出了苦笑，然而莉音倒是覺得剛好相反而提出糾正：

「如果是我們各自提出不同的解答競爭優劣或許就會變成那樣，但如果是共同得出一個解答，根據貢獻程度決定排名，給人的印象上就不一樣囉。至少責任是互相分攤，而且大家都贊成那個解答的話也可以說是同罪了。」

耕也頓時感到有點驚訝。

「哦哦，原來也有那樣的思考角度。」

「就這點來看，岩永小姐的提議也很有魅力啊。」

看來晉似乎也沒有思考到這點的樣子。或許這兩人都是比起如何指證剛一是犯人，更先考慮到的是自己要如何撐過這次的課題吧。

莉音為了聽聽兩人的意見，提出了這項課題中最根本的疑問：

「說到底，這真的是有答案的課題嗎？要是祖母大人的事件一如警方的見解是一場突發性的強盜殺人案，就根本沒有什麼需要挖掘的真相了。再說，如果祖父大人是犯人而希望公開自己的罪行並付出什麼代價，只要他自己說明是怎麼殺害的不是比較快嗎？為什麼他要讓我們來想？這個課題會不會其實有什麼其他的目的呢？」

莉音說著，並尋求晉與耕也的意見。

「我爸爸是說，或許祖父大人知道什麼如今才能公開的特殊隱情，所以希望我們可以察覺那件事情。」

沉默一段時間後，晉開口呢喃：

「看來就算要接受岩永小姐的提議，也有必要先詢問幾個問題啊。」

一個小時後，與九郎一同回到套房的岩永琴子聽了晉提出的質問，當場大笑地揮了揮手。

「哎呀，各位想太多了啦。音無董事長確實殺害了他的夫人，只是因為那個殺害手法就算他親口說明應該也沒有人會相信，所以他希望孩子們靠自己的力量得出真相，徹底接受那個事實罷了。」

由於岩永如此保證的態度太過開朗，反而讓莉音變得更加不安了。

「妳這些話真的可以相信嗎？」

莉音忍不住講得有點像在責備對方，然而岩永卻愉快地眨了一下右眼。

「將董事長當成犯人的答案是確實存在的。只要各位探詢真相，自然就能得出那個答案。」

明明現在講的是遺產繼承和過去的殺人事件等等嚴肅的事情，可是只要從岩永的口中說出來，沉重的感覺就會霎時煙消雲散。

晉一副忍耐著不要讓自己鬆懈似地反駁道：

「可是爸並沒有什麼可疑的地方吧？」

大家現在都不清楚剛一真正的用意是什麼，又不知道可以相信岩永到什麼程度。晉或許是想藉由些許高壓的態度試探動搖岩永吧。

但是岩永卻若無其事般輕鬆帶過：

「真的是那樣嗎？例如事件發生的那時候，音無董事長不希望被人懷疑是犯人的關係人物——亮馬先生、薰子小姐、晉先生甚至耕也先生大家都有不在場證明，這不是很可疑嗎？簡直就像是為了保護大家而刻意安排的一樣。當時能夠辦到這種事情的，應該也只有音無董事長而已吧？」

這主張雖然也可能被批評是牽強附會，但晉與耕也都選擇了沉默。莉音其實也有注意到這點，因此不禁覺得這位大小姐果然不可小看而變得認真起來。

「為了讓各位可以推理出董事長是犯人，事前應該有把事件的詳細資料交給各位了。有辦法得到二十三年前警方的調查資料並加以統整，真不愧是音無董事長呢。」

岩永對站在身後的九郎叫了一聲，要他把那份資料拿出來交給岩永。莉音雖然在事前已經仔細讀過調查資料，把內容記在腦中，不過為了保險起見還是從包包中也拿出了那份資料。

至於晉和耕也則是沒有動作。晉坐在沙發上，耕也在房間內各處走動，隨便找到地方就把身體靠上去或坐下來。這兩人應該最起碼都有把資料記在腦中，而且雖然是二十三年前的事情但好歹也是事件的當事者，或許根本沒有重新記憶的必要吧。

莉音整理了一下關於音無澄殺害事件的相關情報。

事件發生在二十三年前，三月十六日星期三的晚上七點左右。

當時澄五十八歲，身為音無集團的董事長表現精明強悍，不過每個月都有固定一天會到某間個人經營的按摩店光顧。按摩店位於一處恬靜的住宅區，與其說是店鋪不如說是在個人住家掛了一塊小招牌而已，經營方式也是只接受熟人預約。據說按摩師傅的功夫了得，因此光是這樣的經營方式就足以維持生計了。

無論在任何事情上都把工作擺在最優先，致力於擴大集團規模的澄原本就很少有私下來往的對象，周圍的人總是帶有緊張的氣氛，想必澄本人也經常全身緊繃吧。而且對於自己的技術抱有自信又會挑客人的按摩師傅即使面對澄也不會緊張或是特別客套，對澄來說似乎能夠更加感到放鬆的樣子。或許也是由於這樣的因素，去按摩店可說是澄唯一的休閒，完全的私人時間。

因此澄前往按摩店的時候也不會使用車子，而是自己一個人搭電車到最靠近的車站再徒步走到那間店。雖然身為董事長的她有專用的接送車輛與司機，但據說她是為了切換工作與私人時間而故意這麼做的。而且她認為偶爾搭電車看看周圍的樣子對於一個經營者來說也是必要的事情，因此她似乎從平常就偶爾會忽然獨自行動的樣子。

另外，由於澄有向父親傳次郎學過合氣道也有取得段位，因此獨自一個人走夜路似乎也不以為意的樣子。而她的腕力實際上也很強。雖然基於工作上的關係經常會遭人怨恨，因此周圍的人好幾次都勸告她保險起見還是盡量避免單獨行動比較好，然而澄總是聽不進去，甚至把反覆勸戒的人遠離自己身邊，堅持自由行動。

而就在從那間按摩店回家的途中，大約晚上七點左右，於通往車站的住宅區路上，澄不知被什麼人襲擊，胸口被利刃刺傷兩處，身上的現金也被奪走了。

雖然現場周圍有幾間民房，在家的人也很多，但由於是天氣依然微寒的三月半昏暗的晚上七點左右，沒有什麼居民外出走動，所以並沒有人目擊到澄遭人襲擊的現場。當時監視攝影機也還沒有普及裝設，因此也沒有捕捉到犯人身影的影像。

不過緊接在澄遭人襲擊之後，周圍的住家有多位居民聽到一名女性痛苦大叫「小偷！那個男的！誰來抓住那個穿黑色上衣的男人！往車站的方向去了！」的聲音。

居民們因為那個叫聲而注意到路上似乎發生了什麼事情，紛紛來到家門前或道路上，這才發現了胸口深深刺著一把短刀，流著血倒在民房圍牆旁邊的澄。當居民們趕到她身邊時，她雖然已經喪命但仍有體溫，因此知道事件是剛剛才發生的。也有人認為澄雖然奮力發出剛才的叫聲，但搞不好就是因為擠出那最後的一份力氣，讓她加速死亡的。

也許是勉強大叫的緣故，澄的嘴角流著鮮血，也或許是摸過傷口的關係，她沒有戴手套的手上同樣沾有血跡。

居民們立刻環顧周圍，但只有在稍隔一段距離的地方發現一個打開的手提包與皮製的錢包被丟棄在路上，並沒有看到什麼逃跑遠離的可疑人影。錢包中連一張紙鈔都沒有，因此認為犯人應該是只把紙鈔抽走逃跑的。澄周圍的人也提供證詞說澄有隨身攜帶一筆現金的習慣，錢包裡總是會裝有厚厚的一疊高額紙鈔。

澄的死因是出血性休克，心臟附近被刀身長十二公分的野外求生刀刺了兩刀。根據狀態推測被刺傷後應該撐沒有多久。留在受害者胸口的刀查不出來源，從握把上也沒有採檢出指紋。

這是很單純的事件。首先，這是一樁強盜殺人案件。犯人一開始是先亮出短刀威脅澄交出錢財，然而卻遭到對於實力有自信的澄意外強力的抵抗，結果順勢刺傷了對方，慌張之下只奪走現金並逃跑了。

從事件現場也能推斷出幾乎正確的死亡時刻。狀況上可以判斷居民們聽到的叫聲應該就是澄發出來的沒錯，也知道了幾項犯人的特徵。假設就算澄當時沒有大叫，路上遺體應該也會在當天晚上之內被回家的附近居民發現，死亡時刻也能鎖定到相當限定的範圍內吧。

然而正因為單純，警方查不到除此之外更多的線索，讓搜查行動遲遲沒有進展。

「警方當時將強盜殺人列為最大可能，不過一方面也由於調查行動很快就碰上瓶頸的緣故，所以同時也摸索起那是有人偽裝成強盜殺人並計畫性殺害澄小姐的可能性。因為澄小姐在工作上也遭到過很多人的怨恨。」

岩永翻著調查資料並語氣平靜地如此描述著。

晉雖然表示同意，但也用對於那樣的意見不認同的態度說道：

「畢竟媽對於反對或反抗她的人都會毫不留情地切割捨棄。不過雖然是有做過頭的部分，但也有很多是理所當然的處置。在事業經營上也有很多場合是平白無故遭人怨恨的。」

然而岩永並不加以理會地繼續描述：

「另外，各位澄小姐的家人們以及耕也先生也同樣有動機。澄小姐每個月會在固定的日子前往按摩店的事情各位都知道，自然能夠擬定出在她回家路上埋伏偷襲的計畫。當然，關於按摩店的事情是集團高層眾所皆知的情報，因此只要有心調查，其實無論是什麼人應該都能辦到這種事情就是了。」

岩永低頭讀著資料繼續說道：

「亮馬先生與晉先生當時因為對將來的選擇而與澄小姐意見衝突，飽受控制而處於痛苦的狀態。薰子小姐則是和耕也先生的結婚受到反對，幾乎要被迫分手。當然，耕也先生也有理由因為這件事認為澄小姐是礙事的存在。」

講到這邊，岩永抬頭看向晉與耕也。

「另外也有很多人感受到澄小姐的經營方針與獨裁手段可能導致集團面臨危機。音無董事長就是其中之一，而且他身為父親也尤其知道各位的苦境。因此他會遭到警方懷疑也是很自然的事情。」

晉這時苦笑回應：

「當時無論大哥還是我都經常在想，要是媽不在就好了。那時候大哥在媽的命令下被迫遠離料理之路而留在集團工作，所以明白媽的經營方針是很危險的。我也是一樣。我們都有充分的動機。」

耕也同樣像是自己過去丟臉的事情被挖出來似地露出尷尬的表情點點頭。

「我和薰子也是被強硬反對結婚，而且當時薰子已經住到我的公寓生活，在這點上也老是被講。那個人認為女兒的結婚對象必須是家境優秀又能為集團帶來貢獻的人才行，因此對於獨立心強又是白手起家的我一點都看不上眼，甚至還表示如果我們沒有在一個月內分手，她就會毀掉我當時起步的事業。但如果我願意分手，她就會對我提供援助，也會付給我相當金額的分手費。這教人怎麼不對她湧起殺意嘛。」

他最後用有點像在開玩笑的講法如此作結。

岩永接著微微一笑。

「然而由於各位都有不在場證明，所以很早就從嫌疑名單中被排除了。」

「畢竟是平日的晚上七點，認真工作的人在那段時間會有不在場證明的可能性本來就很高啊。」

晉對於這點似乎覺得很無所謂，不過岩永還是不為所動地繼續翻閱資料。

「音無董事長為了視察新開幕的飯店而前往其他縣，晚上七點左右正與十名以上的業者與公司人員們進行會議。亮馬先生與晉先生都在即使開車前往案發現場也要一個小時以上的集團總部，晚上七點前後都有在公司內被人看到身影。尤其是六點半過後，兩人被目擊到互毆打架的場面是吧？」

「當時我們兩人都還太年輕了。我才二十多歲，大哥也才過三十。尤其大哥在二十多歲的時候主張今後飯店經營上飲食方面也很重要，而用進修學習為藉口矇騙媽，到知名餐廳進行料理修行。可是後來這招變得不通用，讓他被迫在總公司工作了三年以上，累積了相當大的心理壓力。而我也是因為只能擔任輔佐大哥之類的工作，心理上也很焦躁。」

晉彷彿是認為岩永在胡亂猜想似地舉起手掌如此打斷她的話。

「大哥被迫從事自己不想做的工作，而我則是巴不得可以做他那些工作。這樣的兩個人在一點契機之下發生口角爭執甚至互毆打架也是很正常的事情吧。」

「是的，周圍很多人都知道兩位的感情從以前就很差，但據說從來沒有見過兩位在公司內那樣明目張膽地打架。也正因為這樣，讓兩位的不在場證明變得非常清楚。雖說是偶然也真的很巧合呢。」

對於晉嚴厲帶刺的聲音，岩永始終用優雅又同時宛如在暗示什麼事情般的態度回應。晉則是對她那樣的態度浮現出躊躇的表情，沒有再進一步反駁。

莉音對於當時的情況知道得並不詳細，不過也覺得父親亮馬和晉會在公司裡大打出手是有可能的事情。在這點上並沒有不自然的感覺，可是岩永和晉之間的互動卻讓莉音感到有點奇怪。

岩永接著把話題帶到耕也身上：

「耕也先生在事件發生的那段時間也正在到處拜訪客戶進行交涉，似乎沒有時間抽身的樣子。當時因為您的公司還沒什麼實際成果，所以據說有時候也會死纏著客戶的樣子。」

「我當時才三十三歲，沒有什麼人脈，會吃閉門羹是理所當然的事情。所以跟客戶死纏到底也是家常便飯啊。」

「是的，多虧如此，讓你的不在場證明相當明確。要是你吃了閉門羹就乖乖離開，搞不好就會有時間前往案發現場了。果然人從平常就要努力工作呢。」

耕也對於岩永那樣彷彿在暗示有什麼內幕似的講法同樣沒有生氣，只是像在表示「沒必要賞這個臉蛋還帶有稚氣的大小姐一番見識」般聳聳肩膀。

岩永接著又繼續指出：

「薰子小姐當時因為弄傷左腳，獨自一個人留在耕也先生的公寓。據說她那天本來預定跟朋友出去吃晚餐，還預約了晚上六點半的餐廳。」

對於這點，耕也同樣笑笑回應：

「沒錯，薰子聽說是白天時在公寓大廳的階梯重重摔了一跤。當時在她附近的鄰居也幫了她一把，而她一開始只是在腳上貼藥布而已，然而到了傍晚卻越腫越嚴重，只好取消了跟朋友的約定。等我深夜回到公寓帶她到醫院檢查，才知道是左腳脛骨骨折，就直接住院了。」

「是的，因為那樣一場意外讓薰子小姐明明有預定計畫卻差點失去不在場證明，不過最後她還是勉強得以從嫌疑名單中排除了。畢竟那樣的腳傷實在不可能襲擊殺害澄小姐，而且犯人推測是一名男性。這還真是幸運呢。」

要是沒有發生意外，薰子也應該會有充分的不在場證明。這樣看起來，事件確實是發生在很巧的時間。如果是剛一或許就能夠事先掌握大家的預定計畫與行動，推估出那樣的時間吧。

莉音不禁感到有點不高興，於是毫不客氣地對岩永直言說道：

「岩永小姐，妳到底想表示什麼？就算妳是想出示祖父大人故意算準大家都有不在場證明的時間殺害了祖母大人的根據，妳的話語未免也太含有惡意了吧？」

岩永剛才提出的論點根本就像在強調其中的刻意性。

「妳的講法聽起來簡直像在暗示除了薰子姑姑以外的人都知道祖父大人的犯罪計畫，而故意在那段時間製造讓人容易留下印象的不在場證明呀。」

「怎麼可能？我才不會做那麼沒品的事情呢。」

結果九郎忽然從背後用力拍了一下岩永的腦袋。

「妳如今還有什麼資格跟人家講品格。」
「我的行動一直都很有品格好嗎！」
「光是妳提出串通協議的提議就很沒品了啦。」
九郎對揮舞著拐杖抗議的岩永如此冷淡說道。莉音雖然認為九郎講得沒錯，但總覺得使用暴力並不是件好事而打算出面仲裁，可是岩永的拐杖也同樣有揍到九郎，讓莉音覺得他們兩人或許是半斤八兩吧。
晉與耕也都張著嘴巴當場愣住，而莉音也因為氣勢被打斷而不知該如何繼續接話了。不過岩永很快又重振起來，用她那依舊像個精巧西洋人偶般的小嘴言歸正傳：
「不好意思，我的同行人實在不知禮數。確實，我是向各位提出了串通協議的提議，不過就算各位再怎麼沒有慾望，我也沒想到各位會這麼快就得出共識。畢竟事關巨額的遺產，也關係到集團經營，因此我本來以為各位會暫時觀察情況的。更何況身為繼承當事人的薰子小姐與亮馬先生都不在場，可是卻這麼快就決定出結論了。」
岩永冷不防地又朝莉音他們拋出了跟剛才不同的惡意。
「這感覺簡直就像是希望在對自己不利的事情被挖掘出來之前息事寧人，彷彿是比起遺產還有其他更需要擔心的事情不是嗎？畢竟串通協議是違背音無董事長意向的行為，如果沒有需要擔心的事情，應該會更認真誠實面對課題才對吧。」
這未免太臆測過度了。莉音對於岩永如此惡質的手法感到傻眼的同時，腦中不經意回想起剛才自己講過的話。

剛一搞不好是想要讓大家察覺某種如今才能攤開的事實。

岩永對保持沉默的晉與耕也探出上半身。

「或許大家都有不在場證明只是偶然。不過事件當時亮馬先生、晉先生、耕也先生與音無董事長是共犯關係，事先就計畫好了不在場證明，至於薰子小姐因為沒有被告知這件事，而差點就失去了不在場證明。這樣的解讀不是會比較有趣嗎？耕也先生今天會代替薰子小姐前來出席，不也是因為有必要對這件事實進行處理嗎？」

莉音感到自己的手掌滲出了汗水。照岩永的這個講法，代表莉音的父親亮馬在這次的課題，也就是過去的事件中也有應該被挖掘出來的事實了。

即便如此，莉音還是為了主張岩永的矛頭是對著錯誤的方向站到她面前。

「我對遺產根本沒有興趣。叔叔們也是判斷祖父大人應該不會在遺產繼承上分配得不合理，所以認為與其要親人間互相鬥爭，不如接受妳的提案比較好而已。可是妳卻因為覺得有趣而嘲諷我們的決定嗎？真的是很沒品呢。」

站在岩永背後的九郎不知道為什麼一副「說得好」似地對莉音豎起了大拇指。莉音頓時覺得「就算被你誇獎也不值得高興啦」而差點亂了步調，但還是深呼吸一口後繼續說道：

「而且如果包含祖父大人在內的四個人是共犯，這次的會談和課題就一點意義都沒有了。因為那樣事到如今根本沒必要互相探索什麼方法，叔叔們都知道祖父大人就是犯人了呀。」

結果岩永就像是對於莉音的追究毫不在意似地張開雙臂。

「沒錯，我並沒有相信各位是共犯，而音無董事長也有否定過這點。只是董事長也有表示過，犯下的罪就應該接受報應。」

面對絲毫沒有動搖的岩永，莉音霎時感到某種恐懼與不安。

對於這位嬌小的千金如此失禮的手法，晉與耕也依然保持著沉默，彷彿是對於自己應該發言的話語選擇上感到猶豫似地一動也不動。

他們果然有什麼被挖掘出來會傷腦筋的內幕嗎？難道父親亮馬也是因為有什麼內情，所以害怕前來出席的嗎？

在空調的聲音都甚至感到吵雜的一片寂靜中，從莉音背後傳來晉不知是呢喃自語還是進行確認，有如在黑暗的箱子中摸索似的聲音：

「難道爸是想要讓我坦白自己的罪嗎？這就是這個課題的目的嗎？」

「誰曉得呢？雖然殺人行為即使只是進行準備工作也算一種罪啦。」

岩永裝傻似地如此回應並重新坐下後，接著換成晉從沙發上站起身子走到前方，坦蕩蕩地對她說道：

「那好，我就承認吧。二十三年前，我和大哥一起擬定了殺害媽的計畫。雖然還在準備階段時媽就不知被什麼人殺害，所以最後並沒有實行就是了。」

耕也對於晉的自白表現出驚訝的態度。相對地，莉音倒是對於叔叔擬定過殺害母親的計畫並不感到驚訝。畢竟他有動機，剛才甚至被岩永當成是祖父的共犯，因此就算真的有擬訂計畫也還在莉音的想像範圍之內。

比較讓莉音想像不到的是，他居然是跟亮馬一起擬定計畫的。

「叔叔大人，你說是跟我爸爸一起，但你們不是有三十年以上感情都很差嗎？事件當天還打過架！」

岩永這時豎起一根手指。

「正因為兩個人感情很差，所以不容易被懷疑是共犯呀。因此即使兩人是兄弟關係，互相提出的證詞還是會給人很高的可信度。然而這兩人其實在根本的利害關係上是一致的，自然也會有合作的餘地。」

「果然一切都早已被妳看穿了啊。」

晉憤慨地瞪向岩永。但岩永卻是一副「不敢不敢」地用眼神回應後，繼續說道：

「事件當天，這兩人激烈打架到周圍的人都會發現的程度，也因此得到了明確的不在場證明。但如果這兩人其實是共犯，只是假裝打架而已呢？例如說只有兩個人在會議室中打架，其他人只是從房間外面聽到聲音的話呢？只要將其中一方的聲音預先錄音並播放出來，然後明明房間裡只有一個人卻假裝在激烈打架，就能讓其他人誤以為兩個人都在房間裡。這段期間另一個人就能去實行殺人行動了。」

晉並沒有否定。

「沒錯，就是那樣的不在場證明偽造計畫。雖然另外也有想到幾個避開嫌疑的小伎倆，不過妳講的就是最主要的部分了。但事件當天我們打架並不是只有聲音，周圍的人也有目擊到那個場面。我們原本預定是在隔月媽去按摩店的時候才實行殺人計畫，而那次的打架是為了營造出即使我和大哥在公司裡爭執或打架也不會顯得不自然，而且就算有人發現我們兩人在房間裡打架也會覺得不要出面制止會比較安全的環境所做的事前準備工作。」

說到這邊，晉態度尷尬地轉向莉音。

「別誤會了，我和大哥的感情是真的很差。然後當初提議這項計畫的人是大哥。他說要是再這樣下去，自己的將來跟集團的將來都會完蛋，所以要殺死媽。而且他還斷然表示過，我只要協助他偽造不在場證明就好，必須弄髒雙手的工作由他自己負責。」

晉應該不會撒那種只要事後進行確認就會被拆破的謊言，而且也不會撒謊說計畫是由他討厭的哥哥主導的吧。因此莉音只能相信這件事情了。

「我知道就算我拒絕，大哥也會自己去做。而我當然也非常清楚媽的存在會讓周圍陷入危機。大哥當時打算靠自己的手爭取自己的將來並解決問題，要是我在那時候膽小畏縮，就等於是承認我一輩子都比不上大哥。所以我立刻就同意了。」

晉重新坐回沙發上，擦拭汗水。

「另外也是因為大哥把我視為可以信任的共犯，願意拜託我的事情刺激到了我的自尊心。不過光是從我沒有主動表示要負責弄髒自己雙手的部分，果然還是代表我輸給了大哥吧。」

晉的態度就像是把積在自己肚子裡的石頭全部吐出來一樣。

「然後就在我們進行著計畫，還在為不在場證明的偽造工作進行布局的時候，媽就不知道被什麼人殺害了。我還記得自己當時非常氣憤，覺得明明好不容易做好覺悟要殺害媽的，卻不知被誰搶先了，害我甚至氣得捶了一下桌子。我根本不期望那種像是被運氣拯救的結果啊。」

岩永翻閱著調查資料並促使晉繼續講下去。

「你沒有懷疑過可能是音無董事長下手的嗎？」

「我並不是沒有想過。我當時覺得搞不好是爸察覺到我們的計畫，為了不要讓我們弄髒雙手而搶先動手的。可是爸有不在場證明，感覺也不像是雇用了什麼人去殺害的。我好歹也有調查過家裡的現金或財產以及公司資金的流向，確認爸有沒有動過什麼可疑的錢。但是爸原本無論是在家或是在公司，能夠自由運用的經費都很少，所以我實在不覺得他有辦法雇用到什麼人。」

在警方的調查資料中也有提到警方調查過委託殺人的可能性，但是都沒有查到任何一點線索。

「雖然媽死後過了一段時間，有一件奇怪的山區開發案動工讓我感到有點可疑，但那個開發案並沒有產生什麼特別的利益，而且土石流防範工程以及公園保養等等內容對於集團的地區對策來說也不是沒有必要的事情。應該不可能有人會以這種事情為交換條件接下殺害媽的工作。」

「確實不會有那樣的『人』呢。」

岩永不知道為什麼特別強調了「人」的部分表示同意。晉則是點點頭。

「所以關於媽的死，最後是當成一樁強盜殺人案收拾了。就算最後沒有抓到犯人，大家還是當成那樣一回事。可是爸現在卻提出了這次的課題。爸不可能是犯人，那麼自然就會讓人想到他可能是為了讓我跟大哥坦白曾經計畫殺人的過去，要我們為自己的罪付出代價了。」

原來晉在參加這次會談的時候表現得那麼焦躁是因為那樣的罪惡感與祕密。比起如何證明剛一是犯人，他更感到煩惱的是自己的祕密是不是已經被發現了？要如何處理才好？

晉嘆了一口氣，對莉音說道：

「大哥應該也有察覺到這點吧。即使沒有真正實行，曾經計畫殺人的過去還是很沉重的一件事。要是沒有被誰好好制裁並原諒，甚至會覺得自己總有一天會被壓垮啊。」

莉音心中也有個底，畢竟她到這裡來之後，腦中浮現過好幾次父親派她過來時的各種言行。

「他讓莉音來參加課題想必也是基於那樣的心理。他應該是想要讓女兒知道自己的罪過，透過某種形式贖罪吧。或許是因為自己說不出口，所以希望讓女兒在這裡察覺出那個真相也說不定。」

就在這時後，莉音想到了一個教人不寒而慄的可能性。

「叔叔大人該不會是為了確保兩人的共犯關係絕對不會遭人懷疑，所以這二十三年來一直都假裝跟我爸感情很差的吧！」

即使是以未遂落幕的殺人計畫還是有必要繼續隱瞞下去。難道這兩人是擔心有任何一點曝光的可能性，而刻意維持感情很差的狀態嗎？

然而晉揮了揮手。

「所以我就叫妳不要誤會了。我討厭大哥。他可是把我認為最有價值的集團經營工作隨便捨棄，擅自走上自己的路自我滿足的傢伙。可是他還在集團工作的時候卻又偏偏表現得比我優秀。就連那樣的才華，大哥都認為毫無價值而捨棄了。明明我是那麼樣的渴望啊。這種事情可以原諒嗎？」

這心情莉音也能理解。如果見到別人把自己想要的東西、重視的東西不屑一顧地捨棄，就算那個人說要把那東西給自己，自己心中還是會懷抱某種難以釋懷的感情吧。

「要是大哥繼續留在集團裡，搞不好早就成為董事長了。我一直以來都無法逃脫這樣的自卑感，又怎麼可能跟大哥良好相處？」

岩永一副深有感觸地表示同意：

「真是個討厭的人呢。」

「至少比妳好多了啦。」

晉不知是為了表現最起碼的反抗，還是出自真心地如此回應。莉音也深有同感。而且不知道為什麼，就連站在岩永身後九郎都點了點頭。那兩人的情侶關係該不會是騙人的吧？

接著，晉雖然帶著不愉快的態度，但還是對岩永道謝：

「不過這下我心情總算稍微輕鬆一些了。我就感謝妳準備了這個讓我自白的機會吧。不對，我該感謝的對象應該是爸。妳終究只是這次的評審啊。」

岩永一副自己根本絲毫沒有期望對方感謝似地鞠躬低頭後，用冰冷的眼神看向站在窗邊彷彿事不關己地望著窗外的耕也。她雖然說自己的右邊是義眼，但她的左眼也同樣讓人感受不到任何感情。

「那麼耕也先生和薰子小姐又是如何呢？當時你們有計畫要殺害音無澄小姐嗎？」

她又在擅自妄想了。莉音心中雖然這麼想，可是耕也的反應卻很遲鈍，似乎在思索什麼事情似地保持著沉默。於是岩永又繼續說道：

「薰子小姐的腳骨折的時機未免太巧合了。因此我試著懷疑了這樣的不在場證明偽裝計畫：薰子小姐在事件當天的白天故意在周圍有人的地方跌倒，假裝出腳很痛的樣子。然而在那個時間點，其實她的腳根本沒有骨折。然後到了傍晚偷偷溜出公寓，偽裝成強盜殺害澄小姐。畢竟當時她的腳沒事，因此這種事情事有可能辦到的。接著她回到公寓之後，才真的自己折傷自己的腳。」

莉音聽出岩永想表達的意思，不禁感到傻眼了。居然會懷疑別人如此亂來的行為，這位大小姐的人格究竟是扭曲到什麼程度？

「要自己折傷自己的腳或許要相當大的覺悟，但並不是辦不到的事情。畢竟是女性的腳，只要有那個意思還是可以折傷吧。也搞不好是耕也先生回到家後幫忙她的。她就是這樣假裝自己是從白天就折傷了腳，讓人認為她不可能犯案的。」

耕也依然望著窗外笑了一下。

「真虧妳可以想出這種光是聽了腳就很痛的手法。當時從澄小姐最後大叫的那句『抓住那個穿黑色上衣的男人！』就能知道，犯人是一名男性。就算假設蒙著臉，也不可能把親生女兒誤認為是男性吧。」

「那個最後的大叫聲，真的是澄小姐叫的嗎？當時聽到聲音的周邊居民們應該不知道澄小姐的聲音是怎麼樣吧。如果是薰子小姐為了讓大家誤以為犯人是男性而假裝成澄小姐，從屍體旁邊大叫讓周圍聽到的話呢？」

或許是有可能性，但莉音立刻注意到這個假說有破綻了。

耕也也一邊走向岩永一邊輕鬆反駁：

「那種偽裝計畫的風險太大了。要是聽到聲音的居民立刻來到路上呢？要是有人打開窗戶看向聲音傳來的方向呢？薰子在那裡很快就會被發現了，逃跑的身影被人目擊的可能性也會提高，甚至搞不好會被周邊居民當場逮住。就算知道那段時間不會有人走在路上，還是可以確定附近居民很多。正由於這樣，有很多人聽到了澄小姐的叫聲。就因為澄小姐是犯人逃跑之後發出叫聲，居民們才沒看到犯人的身影啊。」

莉音以為這下岩永應該會閉嘴了，沒想到她的舌頭還是沒有停下來。

「也對。說到底，如果是計畫在住宅區殺人，應該會在行刺之前或行刺的當下摀住受害者的嘴巴，防止受害者發出聲音被周圍的人發現才對。而且萬一澄小姐留下犯人的線索或是周邊居民立刻發現澄小姐而讓她救回一命就完蛋了，所以最起碼應該會確認死亡，確定真的殺害之後才離開受害者身邊吧。正因為是突發性而毫無計畫，而且是澄小姐不認識的人物犯下的強盜殺人，澄小姐才會在犯人離開之後還有餘力大叫的吧。」

岩永雖然自己提出了自己假說的問題點，可是坐在椅子上抬頭望向走到她近處的耕也的態度依然一點都不畏縮，還是老樣子帶著彷彿在誇耀勝利似的笑臉。

「不過這是個難得的機會。何不學學晉先生，稍微讓自己輕鬆一點呢？」

耕也頓時陷入沉默。

接著他嘴角一扭，垂下了肩膀。

「好啦，我就招認吧。事實跟妳說的剛好相反。並不是薰子骨折而進行了殺人，而是因為她骨折所以讓殺人計畫受挫了。」

莉音不禁抽了一口氣。世上居然會有這樣的事情。相關人物們竟然大家都曾計畫要殺害音無澄。

耕也大概也是在很早的階段就在思考要如何說明的緣故，語氣流暢地描述起過去的事情：

「我和薰子也曾計畫要殺害那個人。畢竟要是那樣繼續下去，不但我們兩人會被迫分手，我的事業也會被搞垮。『盯上澄小姐從按摩店回家的時候』這部分跟晉先生他們的計畫是一樣的。這與其說是偶然，不如說能夠事先確定那個人會獨自一個人走在沒什麼人的路上也只有那段時間，所以大家的計畫才會一樣的吧。然後就在那天，我們原本預定要實行我們的計畫。」

沒想到他們的計畫跟亮馬與晉不一樣，是剛好決定在事發當天付諸行動的。也許是因為他們被澄逼迫立刻分手，所以在時間上比較急吧。

「讓人誤認骨折時間的偽裝計畫就如妳所說得沒錯。我們確實是打算那麼做的。尤其薰子嬌小細瘦又好歹是個千金小姐，應該不會有人想到她會自己折傷自己的腳。薰子就是瞄準這樣的盲點，自己向我提出了那樣的計畫。然而很蠢的是，薰子白天在階梯跌倒的時候，竟然真的把骨頭折傷了。」

耕也忍不住發出笑聲。雖然這聽起來真的很搞笑，但對於當事人來說應該一點都笑不出來吧。

不過岩永到是哈哈大笑起來：

「要在周圍的人不會起疑的狀況下故意跌倒，而且又要讓人覺得即使骨折也不奇怪，想必是很難的事情吧。就算失敗而真的骨折也是有可能的事情呀。」

耕也雖然看起來有點被惹得不高興，但還是繼續說道：

「薰子到傍晚之前也判斷那傷勢即使是撞傷也很嚴重，就算能走路也沒辦法跑步，因此便放棄實行殺人計畫了。就算能埋伏偷襲那個人，殺害之後也沒辦法逃跑，搞不好還會遭到反擊吧。而我是回到公寓之後才得知這件事，在那之前則是為了製造不在場證明而到處奔波。」

「畢竟當時手機還沒有普及，而且要是冒然聯絡反而有可能引人懷疑嘛。」

「沒錯。而且薰子明明既然已經放棄殺人就馬上去醫院檢查就好了，可是她卻認為自己還沒有向我解釋狀況之前不能離開家裡。結果我回到公寓的時候雖然還不清楚她的腳確切的狀況，但至少看得出來腫脹得很不尋常，所以我就立刻把她帶到醫院去了。等到在醫院確定是骨折之後，我們得知了那個人的死訊。」

莉音試著想像耕也與薰子當時的心境，果然還是覺得簡直有如一場鬧劇，不過自己一點都不想要成為當事人。

「我和薰子都當場愣住了。比起慶幸這下問題獲得解決，我們更是疑惑這究竟是什麼玩笑。不知是誰殺掉了那個人，而且還是在我們遇上出乎預料的意外而放棄計畫的那一天。就算是上天的安排也未免太教人毛骨悚然了。」

耕也似乎也是比起欣喜更感到恐懼的樣子。大概是當時的感情又湧上心頭的緣故，他頓時發冷似地搓揉起雙手。

「我們也有懷疑過會不會是音無董事長察覺了我們的計畫，而透過什麼手段搶在我們之前動手的。但總之我們因此得救，於是就把這份懷疑封印起來，一路活到了今天。」

他接著露出一臉像要埋怨什麼似的表情，低頭看向從容坐在椅子上的岩永。

「然後如今又出現了這樣的課題。就算董事長真的是犯人，這個流程也讓人覺得他並不只是打算坦白自己的罪過而已。這很自然會覺得他是間接想要讓我們也坦白自己過去的罪惡。這讓薰子一直感到很害怕，所以最後只好由我出席了。而我也一直很擔心事情究竟會便得如何，肚子痛得要命啊。」

莉音完全沒有看出耕也原來內心也抱著那樣沉重的危機感，忍不住覺得有歷練過的大人果然就是不一樣，而對這個姑丈更加感到尊敬了。

耕也接著感到抱歉似地垂下眉梢看向晉。

「不過我萬萬沒想到原來亮馬先生跟晉先生也有計畫要殺害那個人。知道這件事情後我就頓時覺得輕鬆了許多，真的是很自私呢。我想薰子聽說後應該也會鎮定下來吧。董事長或許也是覺得自己來日不多了，所以想要挺身出來對過去的事情做個清算。並且為了讓我們從負擔中獲得解脫，而打算讓我們也在這裡把自己過去的罪惡都吐露出來吧。」

晉聽到耕也的自白也同樣表現出驚訝失措的表情。畢竟連自己的姊姊都曾企圖殺人，這種事情想必很難馬上接受並消化吧。而且因為晉自己也有過同樣的企圖所以沒資格責備對方，但反過來要萌生同伴意識又由於關係到犯罪行為而有違良知。不過至少這下彼此可說是對等了，心境上也不用互相感到自卑了吧。

晉深感疲憊地對岩永說道：

「好啦，岩永小姐，繼承人們的罪過都如妳所願被攤開來了。這下鬧劇可以結束了吧？」

岩永則是相對於晉，用開朗、可愛而輕鬆的態度拍了一下手。

「還沒有結束喔。當時各位究竟做過什麼事，我都沒有要問罪或傾聽懺悔的意思。反正早就已經過了追訴期，而且那些也不是問題的本質呀。」

這位大小姐真的是有夠旁若無人。面對當場講不出話的莉音他們，岩永不以為意地繼續說道：

「音無董事長是如何殺害音無澄小姐的？現在要求各位的答案終究是這點。各位的罪過根本只是小事。」

把在場的人們逼到絕境，被迫坦白自己的罪過之後，居然還沒有結束。課題依然跟剛開始時一樣，完全沒有任何變化。

「那妳到底是為了什麼目的讓我們承認自己的殺人計畫啊！」

晉站起身子，發出激動的聲音。一個大集團的常務董事毫不隱藏怒氣的大吼，如果是一般人應該會當場發抖，縮起脖子吧。

然而岩永卻泰然自若地翹起腿，柔軟的動作讓人完全感受不出那是義肢。

「晉先生和耕也先生來到這裡的時候，滿腦子都在思考要如何隱瞞自己的罪過，或是要如何為自己辯解，想必根本沒有為課題的解答做過什麼準備。莉音小姐雖然應該有準備什麼想法過來，但是在現場這種彷彿有隱瞞什麼祕密的氣氛下肯定也無法集中精神吧。所以我才想說必須先把這個問題解決才行。」

站在岩永身後的九郎面對這樣的事態也同樣不為所動，對晉也毫不恐懼。感覺只要跟在岩永琴子身邊，這點程度的事情根本不足為奇的樣子。雖然表情上看起來對於那樣的岩永有點啞口無言就是了。

「既然被指派為評審，我就要好好完成自己的工作。音無董事長希望糾正過去由於人死而讓事情變得順利的成功經驗。那樣的成功體驗在有些時候反而會害到人，也可能導致自我毀滅。因此必須要糾正過去才行。」

岩永揮了一下拐杖後，語氣輕鬆地宣告：

「好了，音無董事長究竟是怎麼殺害他太太的？這個問題有確實的答案，請各位好好思考吧。」

時間已經來到了下午的三點多一些。

第五章　Sleeping Murder（後篇）

晉、耕也與莉音離開房間後，岩永琴子在感覺莫名寬敞的飯店套房中伸了一個懶腰。那三人大概是都想要轉換一下心情的緣故，相繼離開了這間房間，暫時應該都不會回來的樣子。

岩永用拐杖敲了敲肩膀，慶幸目前為止都有按照自己的預定計畫發展。由於大家都有順利做出岩永所期望的反應，因此到現在事態都還掌握在岩永的計畫之內。

九郎在空蕩蕩的客廳中走動，將桌椅擺回原本的位置並問道：

「音無董事長當時知道大家各自有擬訂殺人計畫的事情嗎？」

岩永搖搖頭。

「不，剛才只是我基於獨自的情報與推測進行套話，順利讓大家鬆口的而已。那些應該都是董事長想也沒想到的真相吧。」

岩永事前並沒有將自己的目的詳細告訴九郎。畢竟這次有必要對關係人們進行各種誘導，所以要是隨便讓九郎有預備知識，恐怕會因為他的態度讓關係人們的行動或思考發生變化。這並不是說岩永不信任九郎，只是為了盡量減少預料外的狀況，所以她只有將大致的方向性告訴九郎而已。

「既然這樣，應該沒有必要把那些事情爆料出來吧？音無董事長到了明天得知那些事情想必也會很驚訝，畢竟由於這個課題竟然挖出了他預料之外的東西。」

「既然出了奇怪的課題自然就會發生奇怪的事情。哎呀，這部分我今天之內就會向他報告了啦。另外我剛才也講過，要是不把這些事情挖出來，大家的注意力也會被分散到沒有必要的思緒上，而且這樣做會比較容易把大家引導向我準備的『適切的虛假解答』呀。」

「難道就不能等那些人獨自得出解答嗎？」

九郎似乎是覺得「從一開始就誘導大家會不會不太好」，但是慢慢等那些人獨自推理都不知道會等到什麼時候，這邊也有這邊的行程計畫呀。

「畢竟這樣做比較輕鬆嘛。現在已經撒了相當多的線索讓大家想像我所準備的解答了。如果可以再稍微暗示一下受害人的人格與當時的狀況當然會更完美，但搞不好其實不需要我那樣做，他們各自就會察覺了吧。」

目前的狀況發展不算壞，不過接下來又會如何呢？

「最值得期待的人是莉音小姐。她既不是事件的當事人，對受害者也沒有直接的認識，因此或許今晚她就能得出我所期望的答案了。」

莉音離開套房後，來到飯店近處的一座庭園，坐在長椅上用手機與父親亮馬通電話。

雖然岩永琴子說課題有確切的答案，現場的氣氛也不可能立刻切換說「那麼就把音無董事長設定為犯人，讓我們從頭開始討論吧」。晉一副已經被搞糊塗似地抓了抓頭髮後，表示自己要稍微外出一下而離席。耕也也說自己至少應該把現在的狀況告知薰子而從口袋拿出手機離開了房間。或許那兩人都覺得必須離開房間一下，否則精神上會撐不住吧。

至於莉音則是由於一點都不想要一個人在房間面對岩永，於是表示自己也想去呼吸一下外面的空氣而快步走出了套房。接著透過電子郵件將目前為止的事態發展簡潔告訴亮馬，並等待回應。莉音雖然絲毫不覺得晉是在撒謊，但還是希望向亮馬本人也進行確認。

後來亮馬的電話是在下午五點多，當莉音坐在庭園的長椅上喝著瓶裝茶並仰望還很明亮的天空時打來的。那是亮馬的餐廳結束中午的營業時間，掛出「準備中」的牌子並為了晚上的營業進行準備告一段落的時間。

「我雖然有做好覺悟我跟晉的罪會被攤出來，但沒想到事情居然不只這樣。原來薰子和耕也先生也是一樣，實在讓我驚訝。」

亮馬的語氣彷彿事不關己一樣。或者可能是他不知道該表現出什麼感情才好，結果就變成這樣的吧。

「什麼叫『實在讓我驚訝』嘛，既然爸爸有那樣的預感，拜託你自己來參加好不好？光是要把祖父大人當成殺人犯的課題就已經很誇張了，這下居然還得知爸爸跟姑姑叔叔們都曾經計畫要殺害祖母大人。這對一個暑假剛結束的學生來說太沉重了吧。」

雖然莉音對那個祖母根本認識得不深，事情又是發生在二十三年前，讓她並沒有看得很重。而且在「岩永琴子」這個存在面前，也讓她漸漸覺得太嚴肅看待那件事情根本很蠢就是了。

電話另一頭的亮馬嘆了一口氣。

「抱歉。我也感到很迷惘啊。雖然我覺得那段過去只能藏在自己心裡直到死為止，可是又同時覺得乾脆讓妳或爸知道會比較輕鬆。所以如果妳能發現那件事情，或是爸告發我們就好了。唯有必須自己講出口這件事，我一直希望可以避免。」

「哦哦，嗯，晉叔叔大人好像也是被岩永琴子逼到迫不得已才坦白的，我想他心中應該也有相當大的抗拒吧。我能明白那種心情，也沒有生氣的意思。」

原來個性頑固又討厭彎腰駝背，彷彿認為退縮是一種恥辱的父親也有這樣懦弱的一面。這點反而讓莉音感到有點放心了。要是對於自己曾經計畫殺人的過去毫不覺得羞恥，以一個人來說才有問題吧。

亮馬對於女兒那樣的反應似乎覺得很在意的樣子。

「明明知道了自己的父親曾經想要殺害祖母，妳的態度倒是很乾脆嘛。」

或許是莉音的聲音在父親耳中聽起來未免太過爽快了。對亮馬來說也許會覺得女兒對於父親那樣的過去竟然完全沒有表現出厭惡或動搖才真的有問題吧。莉音也記得自己對亮馬說過同樣的話。

「我果然還是無法想像祖母大人究竟是個怎麼樣的人呀。所以該說是很難有現實感嘛……我有聽說她是個很厲害的人，也知道她讓音無集團成長到現在這個規模的偉業。不原諒反對者，想要支配爸爸們的將來，是個不聽周圍人意見的獨裁者的評價我也聽說了。也因此讓周圍人感受到她的危險性，甚至是個讓兒女或丈夫都企圖殺害的問題人物。」

想必是個讓人希望盡可能不要出現在自己身邊的人物吧。

「可是不知道為什麼，無論是爸爸、晉叔叔大人、耕也姑丈還是祖父大人在提到祖母大人的時候，我都感受不出有憎恨的感覺。或許只是因為人已經死了，大家也都整理好了心情，但我總覺得大家的負面感情沒有強烈到想要殺害的程度。所以那段過去對我來說沒什麼現實感呀。」

也許就是因為這樣，莉音即使接連聽到那些過去的殺人計畫，現在還是有種只是聽到虛構故事的感覺。

「說得也是。我當時確實對那個人有相當程度的憎恨，覺得只要那個人還活著，我就無法走上自己期望的人生，而且連音無集團都可能完蛋。當時的我覺得她是個不顧慮兒子的意願與幸福，也不考慮集團未來的暴君，是個缺乏判斷能力與自制心的任性母親。只要有那個人在，一切都會付諸流水。而晉和薰子當時也有講過同樣的話。關於那個人的評價，我們三個人都是一致的。」

對於莉音的意見，亮馬仔細說明自己的殺意。雖然莉音覺得其實也沒必要仔細說明那種只會讓人心情沉重的負面感情而想要開口制止，不過亮馬的用意似乎並不是那樣。

亮馬是想要把關於音無澄的真實告訴莉音。

「然而那個人死後過了一段時間，我才漸漸明白了。我想晉、薰子和耕也先生應該也是一樣吧。那個人其實並不是什麼不聽周圍意見的暴君，也不是沒考慮過我們的幸福。那個人是個犧牲者。她只不過是按照事先已經決定好的事情、被命令的內容在做事而已。因為她相信那樣做才是最好的方法。」

莉音即使聽到這段說明也完全無法釋懷。這樣的說明內容根本不像在形容一個大集團的獨裁經營者、讓集團成長擴大的功勞人物、站在集團頂點的那個人。或者說剛好完全相反，她應該是個無論誰的命令都不聽的獨裁者才對。

「你說被命令的內容，是被誰命令的？」

「就是那個人的父親——傳次郎。」

亮馬的聲音中參雜了些許的憎恨。明明在提到澄的時候完全沒有那樣的感覺。

傳次郎，對莉音來說是曾祖父。對於這個人物莉音甚至連看過照片的記憶都沒有。雖然是創建了整個集團基礎公司的人物，但卻感受不出有那麼強烈的力量和存在感。

就在莉音猶豫著該怎麼回應才好的時候，電話另一頭的亮馬又繼續說道：

「將音無集團擴大的是媽——音無澄沒錯，但是那樣命令她的人其實是傳次郎。他在生前就擬定了詳細的計畫與方針，託付給自己的女兒。音無澄這個人只不過是遵照那個內容一路往前衝而已。當然，能夠實現那樣的事情一方面也要歸功於那個人的才能與努力，不過那個未來的藍圖是傳次郎描繪的。」

「可是繼承者遵循上一代的方針不是很正常的事情嗎？」

「如果那個方針指示過度就要另當別論了。說到底，那個人與爸，也就是你的祖父剛一結婚也是傳次郎決定的事情，那個人只是遵從他的命令而已。那兩人之間根本沒有戀愛關係，聽說甚至連相親之類的程序都沒有。一切只是傳次郎看中爸，認為這個人將來會派上用場所以收為自己的女婿，根本沒有問過媽的意願就決定了。」

「那會不會太蠻橫了呀？」

「遵從家裡的方針結婚這種事情自古就存在，還是小孩子的時候就已經被決定結婚對象的時代也是有過。這並不是什麼稀奇的事情。雖然想法很舊，但也沒辦法完全說是錯誤的。不過至少光從這點來看，就能知道那個人並不是擅自妄為的獨裁者，而只是遵從傳次郎的命令而已。」

雖然以現代的基準來看是很蠻橫的事情，但自由戀愛這種事情也是到最近才變得理所當然的。現今想必還是有些社會的價值觀是把階級擺在第一。而澄也是被拘束在那種規則下的一個人，這件事讓莉音對於祖母的印象產生了大幅的修正。

「為了整個集團，必須要生幾個小孩？要怎麼讓那些小孩們繼承集團？要讓他們選擇什麼樣的結婚對象？媽一直以來都是按照傳次郎的意思在進行決定。傳次郎所擬定的集團戰略與方向性就是具體到那種地步。所以我身為長男被命令要繼承整個集團，晉被命令要在旁輔佐我，薰子則是被指示必須跟家世高貴的對象結婚，而被迫要跟耕也先生分手。對那個人來說那樣做才是我們最大的幸福，也是對整個集團的未來最好的決定。」

亮馬描述澄的語氣明顯變得帶有同情的感覺。

「這件事情最可怕的地方，就是在那個人還活著的時候，真的一切都發展得非常順利。集團一如傳次郎生前所描繪的藍圖，藉由擴大經營順利成長。傳次郎為她選的丈夫也確實非常優秀，身為那個人的輔佐表現得相當能幹。畢竟那丈夫如今成為集團的董事長，堅實的表現在政經界也受到尊敬的程度。我和晉以及薰子也都被培育成能夠讓那個人感到滿意的小孩，我和晉的工作表現都很傑出，薰子也是個有教養懂禮數，帶到任何場合都不丟臉的富家千金。」

除此之外，看在莉音眼中也覺得無論自己父親還是姑姑叔叔的容貌都很出眾。更加讓人感受到這樣的說法正確無誤。

「那個人——音無澄從小就遵從傳次郎的指示，而且因此一直過得很順利。把違逆、反抗自己的人全數排除、擊潰之後，事情就會變得更加順遂。批判的聲音對她來說只不過是輸家在虛張聲勢。一路來都是接連不斷的成功。這樣一個半世紀以上都遵從傳次郎的指示獲得成功的人，有可能忽然脫離那個命令嗎？有可能按照自己的意志判斷傳次郎的命令有錯而違背其內容嗎？明明還沒有發生什麼明顯的失敗或錯誤喔？」

莉音這下也漸漸明白亮馬為什麼會說澄是犧牲者了。

「那應該需要相當大的勇氣吧。而且就算在眼前被證明了失敗或錯誤，或許也依然無法相信。畢竟如果相信了，搞不好就等於全面否定自己一直以來的價值觀呀。」

「沒錯，那個人是傳次郎的傀儡人偶。她不但聰明又有卓越的生意頭腦，經營手段也是一流。所以她其實應該也有察覺到集團的擴大方針已經來到危險的階段，也明白小孩們有各自的想法，有各自幸福的形式。然而承認這些事情並改變方針就等於是違逆傳次郎，等於是捨棄至今的成功法則。」

這些話聽起來實在教人難受。沒想到成功的經驗反而勒住了自己的脖子。

「然後那個人終究沒能選擇捨棄。即便邏輯道理上顯示那樣做會遭致毀滅，她依然無法選擇其他沒有成功保證的恐怖選項。」

亮馬的聲音聽起來只有對澄的憐憫。莉音至今對澄抱有的支配者印象也變得是個被過去的成功經歷束縛，只能像是被什麼存在逼迫之下不斷往前進的人了。

「因為持續的成功，反而讓她停不下來了嗎……」

莉音如此小聲呢喃後，忽然感到在意。自己最近是不是有聽過類似的表現？

而亮馬並沒有對莉音的呢喃直接回應，而是哀悼似地表示認同：

「所以那個人——媽是在最佳的時機過世的。正因為她是死在那個時間點，才免於集團在自己的責任之下崩壞，也不用看到小孩們變得不幸。我是不知道那個人的一生究竟有過得多幸福，但至少她避開了被自己一路來深信不疑的東西徹底背叛的命運。或許這也算是一種幸福吧。」

亮馬說到這邊，或許是發現這些話講得像是在為他自己辯護，於是立刻補充說道：

「但即便如此，我也沒有要為自己曾經企圖殺害那個人的行為正當化的意思。我不會美化說那是為了救贖那個人什麼的。那個計畫終究只是為了我自己的將來而已。」

莉音不禁覺得在這點上父親果然還是父親。只要是罪過他就承認是罪過，也不會原諒自己轉嫁責任，想必一路來都抱著這份罪惡感，承受著痛苦吧。

「可是你卻沒能自己一個人實行計畫，居然還尋求晉叔叔大人的協助呢。」

在這點上莉音就覺得不像是父親會做的事情了。不過亮馬含糊其辭地回答：

「我只要埋頭處理一件事情就會變得看不清楚周圍的狀況。但那傢伙總是很冷靜，懂得觀察大局。計畫內容有沒有遺漏？成功機率會不會太低？那傢伙的判斷是最值得信賴的。換句話說，我根本就不適於經營集團。要是讓我繼承了集團，肯定會變得很慘吧。」

「這些話你就直接跟晉叔叔大人講嘛。畢竟他好像對爸爸抱有很強的自卑感喔。」

「我講過好幾次了，可是他一點都不相信。」

可能對晉來說，那感覺只是哥哥的謙虛或客套吧。

「或許叔叔大人跟姑姑大人還有爸爸會違逆祖母大人支配的原因就是在這裡。就是因為大家在祖母大人決定的位置上沒有感受到自己過得很順利，沒有滿足的感覺，所以想要走自己的路的意志才會勝過服從的想法。」

「也許吧。要是遵從那個人的命令而體驗到成功，我們搞不好也會成為傳次郎的傀儡人偶了。」

亮馬再度嘆了一口氣。另外也可能是剛一為了能夠尊重小孩們的意願，而委婉介入其中讓澄對小孩們的影響變得比較小的吧。正因為沒有過成功的確切體驗，反而讓亮馬他們得救了。

這時莉音總算回想起來。最近才聽過對澄當時的狀況進行表現的發言。就是出自那個岩永琴子的口中。

「對了，『成功體驗在有些時候反而會害到人，也可能導致自我毀滅。』呀。」

對於莉音忍不住脫口而出的內容，亮馬驚訝了一下之後表示同意：

「也對，那或許就是最適切的總結了。」

然而亮馬的聲音幾乎沒有聽進莉音的耳中。

這難道是偶然嗎？岩永就在剛才講述的表現方式，居然會如此正中核心。那不就像是她對於那起事件其實已經看透到這個程度的意思嗎？

莉音的腦袋開始急速運轉。該不會那個嬌小的千金小姐其實從剛才就一直在釋放出線索？

所有人都有不在場證明。所有人都擬定了殺人計畫。如果是計畫性的殺人就不可能讓受害者發出叫聲。這些各自都帶有矛盾，各自都是讓人從嫌疑名單中排除的要素。正因為如此，即使剛一說自己就是犯人，大家也只會感到困惑，沒辦法正常進行思考。

然而如果根據這個假說……如果那個要素就是線索……

「爸爸，你剛才說過，祖母大人是死在最佳的時機對吧？」

「我確實是那樣說過。那又如何？」

亮馬大概是從莉音的聲音中感受到變化而如此反問。

莉音雖然還沒能將自己的靈感化為明確的形狀，不過還是這麼回答：

「我搞不好已經知道事件的真相了。」

晚上七點半過後，莉音請晉和耕也再度回到了飯店的套房。

與亮馬通完電話後，莉音拚命思考自己的假說有沒有不完整或是漏看的地方。在庭園的長椅坐了一個小時以上，等天色開始變暗而起身移動場所的時候也依然繼續思考，才總算聯絡叔叔與姑丈請他們集合了。

在飯店套房中，晉、耕也與岩永坐在椅子或沙發上，九郎還是老樣子像個衛兵一樣站在岩永身後。莉音則沒有坐到位子上，而是背對著窗戶站在大家面前，準備說明她得出的答案。

這感覺簡直就像法庭電影的律師或是推理電影的偵探等等，在劇情最高潮時的故事主角，但莉音心中並沒有高昂的情緒。因為這感覺只不過是岩永琴子誘導出來的場面而已。

晉與耕也都顧慮著莉音的心境，露出擔心的表情。岩永則是深坐在椅子上，彷彿想見識看看莉音的本領如何般面帶微笑。九郎的表情倒是有點呆滯，讓人難以看出他心中的感情。

「關於二十三年前祖母大人的那樁殺人事件，我想我應該知道真相了。祖母大人是自殺的。所以才會包含祖父大人在內，大家都有不在場證明。」

聽到莉音如此緩緩道出結論後，晉與耕也都表現出無法理解意思的反應，岩永與九郎則是無動於衷。

接著首先是晉開口說道：

「莉音，媽是跟自殺這種事根本無緣的人啊！當時她在工作上還很順利，而且是個能夠隨心所欲支配周圍的人！沒有需要自殺的動機！」

「可是當時已經可以看出她的工作即將碰上瓶頸，也能預期到集團即將崩壞對吧？所以大家才會計畫要殺害祖母大人不是嗎？而且晉叔叔大人跟耕也姑丈應該也有察覺祖母大人是被過去的成功經驗逼到絕境，事到如今也停不下來的吧？」

莉音提出自己在與亮馬的對話中得知關於澄的實際情況。光是如此，耕也就表現出似乎理解的態度，晉也深深嘆了一口氣。

「畢竟我年紀也大了，懂得從不同的角度解讀當時的狀況。所以我如今心中已經沒有憎恨，也明白媽其實是個犧牲者。」

由於岩永並沒有出聲要求詳細說明，於是莉音繼續接了下去：

「祖母大人有充分的自殺動機。她是個優秀的經營者，想必也知道繼續遵照傳次郎的命令做下去會讓整個集團崩壞吧。而讓集團崩壞等於是背叛了傳次郎的命令，因此無論如何都必須避免那樣的事情發生。可是不遵從命令內容卻也同樣是對傳次郎的背叛，對於祖母大人來說那是極為恐怖的事情。畢竟她一直以來都因為遵從命令而持續獲得成功，所以在心理上也不可能辦得到那種事。」

莉音主要向晉與耕也說明道：

「而要解決這個相互矛盾的方法就是自殺了。這是唯一能夠保護音無集團的同時，祖母大人也不需要感到恐懼的手段。」

兩位長輩大概是為了消化這個結論而沉默了一段時間。接著晉半信半疑地搖了搖頭。

「不，可是那個媽居然會自殺嗎？確實，那時候我們覺得只要媽不在，一切的問題就都能獲得解決。而且實際上也因此順利了。如果媽本人也有那樣的自覺，或許會自殺也說不定。但是與其選擇死亡，違背傳次郎的命令應該比較簡單吧？」

就在莉音思考著該怎麼解釋讓對方接受的時候，岩永忽然絕妙地插入對話補充說明：

「當人被逼到絕境的時候會選擇極端的逃避手段也是很常有的事情。由於工作或人際關係上造成的心理壓力而自殺的案例也時有所聞不是嗎？雖然事後周圍的人會說『辭掉工作不就好了』、『斷絕人際關係不就好了』等等，講得好像很簡單，然而對當事人來說，由於責任感或是考慮到那麼做之後的狀況就會害怕得做不出那種事情。因此能夠逃離責任又不會讓自己知道後果的『自殺』手段看在那樣的人眼中就會顯得很有魅力。如果身邊有人能夠分擔責任或是商量結果，或許還會有所不同，可是澄小姐周圍並沒有那樣的對象吧？」

被她這麼一問，晉也只能承認了。

「媽在立場上就是個獨裁者。遇到有人反對就將對方排除，對別人的忠告也充耳不聞。會變得孤獨一個人也是註定的。唯一能夠依靠的傳次郎當時也已經不在了。」

莉音也點了點頭。

「死在那個時間點，對於祖母大人來說也是一件好事。我爸爸也說過，那個人是死在很好的時機，或許可以說是一種幸福。那麼自己選擇死亡也可以說是很有魅力的選項吧。」

如果她有準備遺書，並且死得像個自殺的樣子就可以更好理解的說。然而她沒辦法那麼做。

「只是祖母大人並不能單純地自殺。畢竟她是個大集團的董事長，那種立場的人物要是自殺，會成為集團的醜聞，也會給人很差的印象。搞不好會讓人猜想是不是有什麼難以告人的負面內幕或負債，由於難以承受痛苦而選擇自殺的。光是這樣的謠言就可能對集團經營造成嚴重的打擊，希望保護集團的祖母大人不可能容忍那樣的事情發生。因此她才有必要死得讓周圍的人不知道她是自殺的。」

「所以她偽裝成強盜殺人，自殺得讓別人以為是他殺的嗎？」

如此詢問的晉現在腦中應該也已經漸漸接受結論，而且只要將手中的情報組合起來想必也可以描繪出和莉音同樣的事件構圖，只是從語氣聽起來他在心理上還沒有辦法得出那樣的思考。

莉音繼續講述自己的想法：

「祖母大人從按摩店的歸途上只有自己一個人，夜晚的住宅區路上也不太會有人。那是即使被強盜襲擊也不會顯得不自然的狀況，同時可以說是即使自殺也不會被人察覺的狀況。於是祖母大人看準四周無人，也沒有人影從遠處走來的時機，實行了她的計畫。」

莉音腦中浮現出三月半天氣微寒的昏暗夜晚中，祖母為了偽裝成他殺而進行著準備工作的模樣。

「為了讓人覺得強盜是奪走她的包包並且只抽掉紙鈔逃跑，祖母大人將預先把紙鈔都拿掉的錢包以及開口打開的包包丟在離自己稍遠處的地上，接著握起偷偷帶在身上的野外求生刀。」

「我記得那刀子的握把上應該沒有留下指紋吧？」

耕也這時如此詢問。澄當時並沒有戴手套，要是直接握刀留下指紋，在刺傷自己後應該沒有時間也沒有餘力擦拭，但其實根本不需要什麼特殊的道具或方法。雖然當時是即使戴手套也不奇怪的季節，不過澄就是藉由故意不戴手套的方式進一步排除了被人懷疑是自殺的可能性。

「只要用外套的下襬包住刀柄，隔著布料握刀，就不會留下指紋了。然後就這樣刺傷自己的胸口再放開手，外套的下襬就會從刀柄上鬆開，這個詭計也就不留痕跡了。」

莉音拿起飯店套房中準備的原子筆，用自己襯衫的一角包覆原子筆的一部分並握住，做出刺向胸口的動作。只要沒有把衣服下襬包得太緊，光是把手放開就會自然從握柄上鬆開。由於當時短刀是刺在澄的胸口上沒有拔出來，所以只要澄沒有立刻倒下身體，外套的下襬應該就會順利從刀柄上鬆開了。

「而且祖母大人為了進一步製造是他殺的印象，最後還大叫出『小偷！那個男的！誰來抓住那個穿黑色上衣的男人！往車站的方向去了！』這樣一句話。如此一來就更沒有人會懷疑她是自殺的了。」

那段叫聲非常符合對反抗者毫不留情的祖母的個性，感受得出即使自己受到致命傷也絕不讓犯人逃跑的執著。正因為如此，更讓人難以懷疑那是一種偽裝。或許最後的這段叫聲就是隱藏真相最強力的偽造線索吧。

「就這樣，祖母大人的目的幾乎可以說是達成了。然而既然偽裝成他殺，無論如何警方都會展開調查。要是因此讓集團的關係人被套上重大嫌疑，終究還是會傷害到企業形象。如果是自己的丈夫或兒女們被當成犯人，造成的影響就更難以估計了。因此祖母大人是選在相關人物們都不會遭到懷疑，大家應該都會有不在場證明的時間自殺的。」

如果剛一為了顧慮到大家而能夠選在所有人都有不在場證明的時間犯行，那麼澄基於同樣的想法辦到同樣的事情也一點都不奇怪。

晉與耕也都露出在思考莉音這段假說是否妥當的表情。

「這樣確實可以講得通沒錯，但如果媽是自殺的，爸又為什麼會說自己才是犯人？」

晉似乎從這次會談最根本的起因中看到了矛盾。如果真如莉音的假說，剛一應該就不會覺得有必須付出代價的罪過，也不會提出這樣莫名其妙的課題才對。

「也許祖父大人是巧妙且計畫性地誘導祖母大人自殺的吧。透過委婉暗示各種情報的方式讓祖母大人認為自殺才是最佳的選擇。然後祖父大人應該是確信自己把足夠讓祖母大人決意自殺、推了她最後一把的情報告訴了祖母大人。」

這個想像究竟正確到什麼程度？剛一為了達成目的又不弄髒自己的雙手，真的執行了那麼精密的計畫嗎？關於這些問題莉音並不想要思考得太過深入。搞不好剛一是在無意之中把促使澄自殺的決定性情報告訴了她，所以想要為自己那樣欠缺思慮的過去贖罪。

耕也一臉驚愕地說道：

「原來如此。兒女們全部都在擬定殺害自己的計畫，這件事實成為了讓她決意自殺的關鍵啊！」

晉聽到這句話，頓時發出用力咬牙的聲音。大家各自進行的計畫竟然在這裡帶來了重大的意義。

「不但有預感自己會成為讓集團崩壞的原因，又發現了自己深信是為了孩子們的幸福著想而做的事情原來全部適得其反，這樣的狀況下或許很快就會決意自殺了吧。畢竟每個兒女都對自己抱有殺意呀。如果當時是祖父大人故意讓祖母大人察覺這件事，那麼說祖父大人是殺害祖母大人的犯人或許也不為過吧。」

莉音在開有冷氣的房間中擦拭著自己滲出的汗水。搞不好自己其實不應該提出這樣的告發，但這也不是能夠迴避的事情。

晉小聲呢喃：

「換個方式來講，就是我跟大哥、薰子姊以及耕也先生也都幫助殺害了媽的意思啊。」

也可以這樣解釋沒錯。或許直接對澄推了一把的人是剛一，不過那個推了一把的材料是亮馬、薰子、晉與耕也提供的。

然而岩永卻面帶微笑否定了那樣的見解：

「這也很難講。各位當時的殺人計畫應該都進行得很謹慎而保密，就算是董事長也不一定真的能夠察覺。搞不好董事長單純只是為了促使澄小姐自殺，而煞有其事地捏造證據讓她以為小孩們在進行殺害計畫。結果那個謊言卻偶然符合了真實的狀況。這樣想應該比較自然吧。」

要這樣講也是可以。但即使只是偶然，企圖殺人的事實依然沒變，罪依然還是罪。

晉態度諷刺地回應岩永：

「妳還真溫柔啊。不過我們果然還是有責任，不能只讓爸一個人承擔。」

看來在晉的心中已經認同莉音這個假說是事實了。

岩永一幅表示敬意似地鞠躬行禮後，看向莉音。

莉音配合她那個動作開口說道：

「我並沒有證據可以證明這個假說是不是真相。祖母大人應該也很小心注意，不會留下什麼線索吧。我不認為她會做出像是祕密留下遺書之類不乾不脆的事情。要是她有什麼可以留下遺書的對象，應該早就跟那個人商量問題，獲得心靈上的支持了。就是因為祖母大人沒有那樣的對象，所以只能選擇自殺的。」

換句話說，這些推測都還只是在假說的範圍內。不過從剛一的言行觀察起來，認為當時有發生過同樣的事情會比較說得通。

「岩永小姐說得沒錯，這個真相即便是祖父大人親口說出來，應該也很難被接受吧。若不是先把祖父大人視為犯人，知道了各位曾經計畫殺害祖母大人的狀況，並且客觀理解祖母大人當時所處的立場，想必很難相信這樣的內容。」

莉音接著走向岩永，低頭看向那嬌小的身影。

「妳是在祖父大人的拜託下，誘導我們得出這個真相的對吧？」

「音無董事長並沒有感受到那樣做的必要性喔？」

岩永即使語氣溫和地如此回應，但這講法也可以解讀成她委婉承認了。她雖然是個惹人討厭的千金小姐，不過莉音也深切體會到憑自己的程度根本無法與她較量。

岩永任由莉音繼續站在自己面前，詢問晉與耕也：

「請問兩位也贊成莉音小姐的解答嗎？如果贊成，這就是各位的最終解答，明天中午將會告訴音無董事長喔。」

晉與耕也雖然帶著疲憊的神情，但依然用有精神的聲音回應：

「應該沒有比這更好的答案吧。」

「我也這麼認為。」

於是岩永微微一笑後，接著對包含莉音在內的三個人問道：

「那麼關於遺產繼承的優先權要如何處理呢？雖然得出這個解答的人是莉音小姐，不過還是按照一開始的協議，將貢獻度定為耕也先生、晉先生再來莉音小姐的順序可以嗎？」

雖然當初的串通協議是這樣沒錯，然而岩永的那個提案本身就帶有策略的意圖，如今還有遵守約定的意義嗎？

晉一臉怨恨地回應：

「身為曾經企圖殺害母親的人，事到如今還有什麼臉要求遺產的優先權？」

「我想薰子也是一樣吧。要是她臉皮有厚到在這樣的狀況下還要求優先權，應該打從一開始就不會害怕這個課題了。」

耕也的態度雖然還算紳士，不過難掩對岩永的憤慨。莉音也是大致上遵從兩人的意見。

「如今還需要什麼優先權嗎？只要祖父大人適當分配就好了吧。」

結果岩永一臉滿足地搖曳秀髮。

「那麼我就這樣拜託董事長吧。莉音小姐，請問明天妳要親自將這個解答告訴董事長嗎？要我代替妳轉告也是可以喔？」

雖然那樣可以省得再說明一次，不過莉音立刻拒絕：

「我會直接告訴祖父大人。要是交給妳轉告，感覺會被講得參雜惡意呀。」

雖然莉音並沒有諷刺的意思，不過把真心話講出口就成了這種感覺。

可是岩永不但沒有感到不高興，反而對那樣的莉音感到好意似地抬頭望向她說道：

「『莉音（Rion）』這個名字聽起來真不錯呢，就像是把栗鼠（Risu）跟獅子（Lion）合在一起，很符合妳可愛又勇敢的感覺。」

怎麼到這時候才在講這種無關緊要的事情？難道岩永是想用自己的方式緩和現場的氣氛嗎？

雖然岩永難得好意，但莉音還是否定了她那樣的分析。

「為什麼要用那樣奇怪的方式解讀？這只是把獅子的英文拼字ＬＩＯＮ改成日文的

羅馬拼音而已啦。」

莉音有聽父親說過這個名字的由來。居然會說是把栗鼠跟獅子合在一起什麼的，這個大小姐的腦袋迴路究竟是什麼構造？而且這下莉音自己排除了栗鼠的要素，簡直就像被迫承認自己是個徒有勇氣而缺乏可愛的女性一樣，實在教人討厭。

晉面露苦笑地說道：

「畢竟大哥從以前就很喜歡獅子嘛。如果生下的是男孩子，他就會取名叫『雷歐（Leo）』啦。」

這點莉音倒是沒有聽說過，但確實是父親可能會做的事情。

耕也這時又從旁插嘴：

「既然你那麼理解亮馬先生，何不趁這次的機會跟他和解呢？」

晉的表情霎時僵硬了一下，不過大概是不得不承認這個忠告很有道理的緣故，他放棄抵抗似地嘆了一口氣並舉起雙手。

「我會考慮看看。不過在那之前要先去給媽掃個墓。畢竟現在心中的憎恨已經幾乎都消失了，也早就知道媽其實也是個犧牲者。雖然我過去掃墓也沒有隨便過，但心中都沒有認同她是透過自己的方式想要守護應該守護的對象。基於這點，我必須發自真心弔念她才行。」

耕也也表示贊同地點點頭呢喃：

「這件事必須趕快告訴薰子才行。不過還是等明天得到董事長親自證實之後會比較好吧？」

莉音同樣必須把自己得出的答案告訴父親亮馬才行，不過就和耕也一樣，等聽過剛一對於這個假說的評價之後再告知會比較好吧。

岩永則是帶著神祕的微笑，露出一副觀察著莉音他們舉動似的眼神，莫名恐怖而安靜地坐在椅子上。

隔天，九月四日星期日。莉音從中午前就在飯店套房把昨天說明過關於音無澄的死重新說明給剛一聽。晉、耕也、岩永與九郎也都在場。

莉音起身與坐在椅子上的剛一稍隔一點距離，盡可能克制自身的感情，說出剛一是甚至用上小孩們的殺人計畫誘導澄自殺的結論。

「以上就是我們的解答。祖父大人，請問如何呢？」

剛一在聆聽莉音的解答時一直都閉著眼睛，對於解答的內容毫無反應。晉與耕也則是都面露緊張的神情。在場態度輕鬆的人只有岩永和九郎。搞不好岩永其實在昨天晚上就已經把解答內容預先告知剛一了。

剛一張開眼睛後，彷彿感到放下了心似地嘆了一口氣。

「我應該要更早安排這個機會才對。看來我害得亮馬、晉、薰子還有耕也一直以來承擔了過多的罪惡感啊。」

莉音嚥了一下口水，等待祖父的發表。

於是剛一點了點頭。

「這個解答是對的。只不過我當時並不曉得你們在擬定殺害澄小姐的計畫。這部分完全是偶然。」

聽到這句發言，莉音、晉與耕也都忍不住看向表情一派輕鬆的岩永。原來岩永是連剛一併不知道那些計畫的事實都看穿，而昨天把這事情挖出來的嗎？

剛一露出柔和的微笑。

「不過還好我搶在你們之前實行了殺害澄小姐的計畫。畢竟我最希望避免的就是害你們親手殺害自己的母親啊。」

然而晉搖了搖頭。

「即便如此，我、大哥、薰子姊以及耕也先生依然確實是有罪的。雖然已經不是透過法律可以制裁的事情，也沒有任何證據。而且媽想必也並不會怨恨爸吧。那個時候大家都只能那樣做。雖然也不是因為這樣就可以逃避付出代價就是了。」

「誰都會有心中想要殺掉什麼人的時候，甚至也可能有真的手握凶器逼近對方的時候。然而有沒有跨越最後一條線的差異就很大了。對於澄小姐的罪，由我來背負。你們只要好好看著我是怎麼死的就好。」

剛一如此教誨次男後，表情滿足地公開說道：

「有件事情我一直瞞著大家，其實我已經被檢查出了惡性腫瘤。醫生說我再過半年就會連站都站不起來，每天承受劇烈的疼痛，最後死得悽慘。」

晉與耕也聽到這段宣告都當場驚慌失措，不過莉音早就隱約有這樣的預感，而緊閉著雙唇忍耐自己的情緒。正因為剛一知道了自己明確的死期，所以才會想要舉行這種清算罪過的儀式。或許自己應該要更早察覺到這點才對。

剛一為了讓晉與耕也冷靜下來而伸出手掌，接著露出嚴肅的眼神，用沉著的聲音說道：

「這個病與痛正是我殺害了澄小姐的代價。我不會接受減緩疼痛的治療或是尊嚴死，直到最後都會甘心承受這些痛苦。一旦殺過人，就會有相對的報應。即使因為殺了人讓一切事情變得順利，終究還是會有報應等著自己。你們萬萬不可以把那種建立在罪惡之上的成功視為理所當然啊。」

或許剛一就是想要告誡大家這點吧。為了讓大家不要因為成功體驗而遭致破滅，為了親身告訴大家殺了人自己也不可能平安無事，為了將自身的罪告知孩子們。為了給大家一個警惕，不要因為「音無集團由於澄的死而發展順利」這樣的案例而在今後做出錯誤的選擇。

為了表達即使透過什麼人的死亡解決了問題，最後因果報應的利劍終究還是會落到自己頭上。

就在莉音他們因為剛一的發言而情緒低沉的時候，岩永卻忽然用輕快到甚至讓人覺得輕浮的聲音繼續進行接下來的程序：

「各位似乎都願意放棄遺產繼承上的優先權。雖然在得出解答上最有功勞的人是莉音小姐，不過她認為遺產只要按照音無董事長的意思分配就好。」
「真是沒有慾望啊。」
剛一開朗地笑了起來，但岩永卻立刻回應：
「不，我認為這是很正常的判斷。」
對莉音來說倒是一點都不想要讓這個大小姐來評斷自己是正常還是異常。光是在這樣的狀況下竟然能夠用那種態度對剛一講話，就證明岩永一點都不正常了。
剛一接著對岩永慰勞似地說道：
「琴子小姐，我很慶幸這次能夠委託妳。我想妳才是最有功勞的人吧。謝謝妳。」
結果岩永卻瞇起眼睛，制止剛一。
「您要道謝還嫌早呢。」
她的語氣聽起來很平靜。剛一頓時表現出難以理解的樣子。想必莉音、晉與耕也也都帶著類似的表情吧。
「如果董事長是親手殺害了您的夫人，我也就沒有必要多嘴了。然而董事長利用的是很特殊的方法。如今應該要稍微改變一下認知，明白那並不是正確的事情。」
在現場一片困惑之中，岩永繼續平淡地說道：
「董事長剛才說自己很慶幸採用了那樣的方法。畢竟就如您剛才所說，那樣防止了兒女們殺害自己的母親。這樣應該說不上是對於過去的成功、對於那個選擇有感到後悔吧。」

接著，岩永忽然詢問莉音：

「莉音小姐，妳說音無澄小姐是偽裝成他殺而自殺的。那麼澄小姐為了隱瞞自殺的事實，為什麼沒有選擇偽裝成意外死亡的方法呢？例如為了撿東西結果不小心跑到馬路上，或是一時腳滑結果從車站月臺摔落到鐵軌上。只要本人有那個意思，要讓周圍的人看起來像意外事故是很簡單的事情。除非有什麼特殊的原因，否則一個通常不會被懷疑自殺的人物即使行動上多少有些不自然的地方，只要看起來是意外身亡，警方就會當成事故處理吧。」

莉音忍不住想抗議，事到如今還那樣雞蛋裡挑骨頭究竟有什麼意義？然而岩永的指出的問題點相當有道理，讓莉音無法隨便反駁。

就在莉音猶豫的時候，岩永繼續追擊：

「如此一來警方想必也不會展開太深入的調查，也就不需要擔心相關人物們的不在場證明了。但如果是判斷為他殺的狀況，警方就會正式行動，也會調查相關人物們的不在場證明。像薰子小姐就差點失去不在場證明，要不是因為骨折，搞不好就被保留在嫌疑名單之中了。而且根據警方調查的深入程度，也會有偽裝行為被識破的危險性。像這樣，偽裝成他殺的風險是很高的。換句話說，澄小姐如果想要隱瞞自殺的事實，就應該不會選擇偽裝成他殺的方法才對。」

岩永從椅子上站起來，真的有如電影的高潮情節中，法庭劇的律師或是展開推理的名偵探一樣，拄著拐杖走到房間中可以環顧所有人的位置。

「換言之，偽裝成他殺的行為並沒有被實行，音無澄小姐其實並不是自殺的。那終究是一樁殺人事件。」

剛一當場瞪大眼睛，晉與耕也都忍不住要站起身子。莉音啞口無言地看著現場的狀況，九郎則是緩緩移動到岩永的身旁。

岩永接著宣告：

「那麼，現在就來指出真正的犯人吧。」

總算來到這一步了。岩永如此想著，心情不禁感到暢快。除了九郎以外的所有人都當場愣住，露出搞不清楚究竟發生了什麼事情，既不算驚訝又不算害怕的表情。一切都如岩永預定的計畫。

其實岩永本來只需要按照委託內容捏照出一個把剛一當成犯人的虛假解答並且讓大家接受就可以了，然而這次的事情卻存在有一個嚴重的異常。在一開始聽剛一說明的時候，岩永就注意到了那樣的可能性。

後來對過去與剛一進行交易的妖狐——吹雪進行質問的時候，岩永便確認了這點。

上個月在夜晚的山中，被十隻左右的同族包圍，用繩子綑綁並跪在地上的吹雪被岩永問道：

「這下你和剛一先生進行過交易的事情得到確認了。但我還有一個疑問。吹雪，你在殺害音無澄的時候為什麼沒有選擇讓人覺得是意外身亡或病死的方法？如果是人殺人，要偽裝成意外身亡或病死或許很難，可是擁有妖力、甚至可以變化為各種存在的你應該就能夠辦到這種程度的事情吧？」

岩永對垂著頭的吹雪用事務性的態度繼續說道：

「你跟剛一先生有約定好要在『不會讓你或你的家族遭人懷疑』的前提下進行殺害。然而在殺害時要讓那些人被排除嫌疑並不是一件輕鬆的事情。就算要讓所有人的不在場證明得以成立，也必須先把他們的預定行動全部調查清楚才行。與其這樣做，不如偽裝成意外身亡或病死應該才是最輕鬆又安全的方式才對。」

岩永雖然知道答案，但還是用合理說明要求妖狐吹雪自己招供。

「你其實並沒有殺害音無澄小姐對吧？你是在向剛一先生報告的時候假裝成是你殺了目標，要求對方按照交易內容完成交換條件的。雖然並不是說你沒有殺人就可以減輕對同族犯下的罪，但只要你老實招供，我也可以比較容易幫你講幾句好話喔。」

或許吹雪早已投降，根本沒有抵抗的意思，於是叩頭招供了。

「公主大人實在明察秋毫。我確實沒有殺害那個女人。但我並不是從一開始就打算要欺騙那個叫剛一的人類。」

吹雪心有不甘地說明起之所以會變成這樣的原委：

「我在那天傍晚為了殺害那個叫澄的女人，化為一隻野狗準備偷偷接近她。我從進行完交易的那天開始便一直盯著那個女人，然而到了那天她才第一次單獨行動。要是錯過這個機會，下次不知要等到什麼時候，因此我當時可說是幹勁十足。我原本的計畫是化為野狗襲擊那個女人，當她逃跑時追在她後面，來到周圍有許多目擊者的場所再咬斷她的喉嚨，或是把她追到道路上，巧妙讓她被車撞死。我也有想到當她站在路邊的時候用野狗的姿態從後面衝撞她，讓她跌倒在車道上的方法。」

「嗯，那樣確實就能符合約定的內容了。」

雖然有點粗枝大葉，但至少不會變成讓警方產生懷疑的殺人事件，而是根本不會展開什麼詳細調查的意外事故。

「可是我萬萬沒想到，那女人竟然就在我的眼前被另一個人類埋伏刺殺了。那個犯人在確認女人死亡後，把她的包包與錢包散落到周圍，接著轉眼間就逃跑了。我當時非常慌張。要是處理得不好，我和那男人的交易就會泡湯了。於是我即使在慌張下也算準犯人逃出充分的距離之後，模仿那個叫澄的女人的聲音發出叫聲，引起了周圍人的注意。」

「也就是那句『小偷！那個男的！誰來抓住那個穿黑色上衣的男人！往車站的方向去了！』嗎？原來那並不是受害者，而是你叫出來的呀。」

「是的。那女人在胸口被刺了一刀的時候已經奄奄一息，接著又被刺了一刀，實在不可能有力氣大叫。而我當時大叫之後便立刻化為一隻野貓躲到黑影之中，因此沒有任何人起疑。接著我觀察了一段時間，看起來並沒有留下什麼可能抓出犯人的證據或線索，於是快快離開了現場。」

岩永因為又冒出了必須考慮的要素而變得心情有些沉重。沒想到妖狐竟然在案發現場進行過偽裝工作，這下為了排除矛盾搞不好需要硬來了。
吹雪就像是為了給岩永較好的印象般，把當時的事情都一五一十地說了出來：
「就算不是我親手殺害，目標身亡依然是事實。犯人也總不可能自己跳出來承認。那麼即使我告訴那個男的說人是我殺的應該也無妨，於是我就前去要求那男人遵守約定了。畢竟我也盡了最大的努力讓那男人的家屬不會遭到懷疑，所以應該也不算是不實的要求。」
「也就是說你有看到犯人的臉，而且知道那個人是誰。所以你才會有必要掩護那個犯人，假裝是受害者發出叫聲讓周圍的人聽到是吧？」
「是的，我有稍微進行過事前調查，所以認出了那個犯人。因此我才會利用那段大叫讓周圍的人以為犯人是個『男的』。」
在這點上就簡單明瞭多了。根本不需要什麼複雜的推理就能知道犯人究竟是誰。因此岩永早就知道了犯人的名字，但還是刻意詢問吹雪：
「那麼犯人究竟是？」
「就是那個男人的女兒，名叫薰子的女人。」
吹雪清楚地如此說道。正因為犯人是女的，所以吹雪才會試圖讓其他人誤以為犯人是個男的。
就這樣，岩永是握著連剛一都不知道的真相參加這場從昨天開始的會談。然而即使知道真正的犯人是誰，這些根據全部都是妖狐的證詞，岩永也不可能隨便講出來。

畢竟一般來講應該很少人會認同這是證據，而且就連剛一應該也需要花上一段時間才有辦法相信吧。

所以岩永為了靠奇招道出真相，才選擇了這樣拐彎抹角的步驟。

她態度從容地將真相告訴面對這樣的事態發展還無法完全反應過來的剛一、晉、耕也以及莉音：

「真正的犯人是薰子小姐。她雖然被警方認為不可能犯行，但就如昨天所說，只要透過讓人誤判骨折時間點的手法就有可能辦到。而薰子小姐就是真的實行了那個手法並且成功，進而殺害了澄小姐。」

就在剛一、晉與莉音都還沒能從茫然狀態回神之前，唯獨耕也露出帶有意志的眼神，額頭滲出汗水。

岩永接著對那樣的耕也說道：

「薰子小姐是在澄小姐從按摩店前往車站的路上等人，並且用『關於我和耕也先生的關係，我有事想跟妳商量。要不是在這裡等妳，應該也沒辦法和妳一對一交談』之類的理由靠近澄小姐的吧。澄小姐也由於對方是自己的女兒，所以即使在昏暗無人的場所應該也沒懷疑過『難道偏偏要在這種地方等人否則就無法和自己進行密談嗎？』之類的念頭，而允許對方接近自己的。」

女兒服從自己是理所當然的事情。這才是對她而言的幸福，就算現在反抗，肯定總有一天也會明白。心中如此認為的澄搞不好連薰子的殺意都完全沒有察覺吧。

「當時還是天氣微寒的季節，就算薰子小姐為了不要在刀子上留下指紋而戴著手套，澄小姐想必也不會覺得可疑。薰子小姐就趁著對方的不注意之下把藏在身上的刀子刺進澄小姐的胸口，並摀住她的嘴巴不讓她發出聲音，而且為了確實殺害又再刺了一刀。澄小姐這時也只能倒下了。即便是有合氣道段位的人，這狀況依然就像是在大意之下遭到殺害一樣。」

岩永把拐杖當成刀子，做出刺人的動作。

「然後薰子小姐為了將事件偽裝成強盜殺人，立刻從包包中拿出錢包，只抽掉紙鈔後丟到地上並逃跑了。前後應該花不到三十秒的時間吧。」

她這時對動也不動地坐在沙發上的耕也問道：

「耕也先生，你應該也知道薰子小姐的罪行吧？你在被我看穿骨折詭計的時候沒有冒然否定，而是承認計畫的同時又謊稱實行失敗的手法確實很高明。或許是因為你懷疑音無董事長的課題是有意要把薰子小姐的殺人行為挖出來，所以事前就想好了幾個對策。」

隱瞞的事情越多就越容易造成破綻。因此耕也才會在那時候故意冒險，想從中尋找活路的。

「站在耕也先生與薰子小姐的立場來看，音無董事長這次的策劃肯定讓你們感到很恐懼。雖然董事長實際上只是希望把自己的罪告訴大家，但兩位應該只會覺得這是董事長事隔二十三年後打算對你們處以私刑吧。就連董事長那句『我只是希望讓你們知道實際上是誰殺害了母親的真相，並了解這個罪惡必定會遭受報應。』的發言，在你耳中聽起來也會像是在責備。」

對於真凶來說，這也可以解讀成是最後通牒吧。

「然而董事長其實是帶著完全不同的意圖提出這項課題的可能性依然存在。因此耕也先生一直都在觀察狀況。結果亮馬先生與晉先生的殺人計畫被挖出來，讓風向開始變得奇怪了。接著你察覺出我對你們也有抱持懷疑，於是故意承認了這點。如此一來假設董事長握有你們擬定過計畫的證據，你也可以抵賴說當時計畫未遂。你或許就是藉由這樣的手法想要試探音無董事長究竟掌握真相到什麼程度吧。」

耕也沒有提出反駁，而是目不轉睛地看著岩永，緊閉嘴巴聆聽她的推測。也許他腦中正拚命在思考對策吧。

岩永藉由爆料出到此為止的過程中其實隱藏有這些內幕的方法，一點一滴削弱耕也的精神。甚至打從一開始她其實就只抱著這樣的目的。

「後來莉音小姐提出了將音無董事長視為犯人的假說。耕也先生在這時候想必開始懷疑，音無董事長會不會是真的實行了那個假說中描述的計畫，卻在得出結果之前澄小姐就被你們殺害了。就好像亮馬先生與晉先生的計畫最終未遂一樣，由於三方面剛好同時在進行計畫，而形成了這樣奇怪的狀況。而音無董事長可能會以為自己的計畫達成了目標。」

當人被逼到絕境的時候，難免會想求助於對自己有利的解讀。

「因此你判斷音無董事長在這次的課題中真的只是想要為自身的罪過進行償還而已，所以昨晚心情上應該平靜了幾分吧。而且想必也有聯絡薰子小姐才對。」

當然，岩永是派耕也看不見的浮遊靈跟在他身邊，竊聽了耕也偷偷聯絡薰子時的對話內容。雖然這並不是可以光明正大提出來的證據，不過透過提出這項事實也能達到削弱耕也精神的目的。昨晚好不容易平靜下來，心境上也輕鬆了幾分的狀態下冷不防吃上這招，想必對精神的打擊會更強烈吧。

「然後到了今天，音無董事長承認了自己的計畫，於是耕也先生打算就這樣讓董事長背起黑鍋了。想必你和薰子小姐也是這樣講好的吧。如果你剛才自己站出來袒護董事長，承認薰子小姐的罪，我也就沒有必要像這樣出來說明了。」

岩永對耕也感到些許同情。畢竟如果要這樣講，當初只要剛一沒有把岩永拖進來，事情也就不會變成這樣了。

「音無董事長說過，『一旦殺過人，就會有相對的報應。即使因為殺了人讓一切的事情變得順利，終究還是會有報應等著自己』。既然聽到這句話你卻還要繼續保持沉默，就只能由我來告訴大家真相了。為了守護音無董事長的信念。」

岩永講到這邊，用眼神與動作催促耕也發言或行動。

剛一、晉與莉音大概是到這時才總算理解狀況而臉色發青，觀望著耕也與岩永。

接著耕也苦笑一下，彷彿對岩永的惡作劇感到傷腦筋似地從沙發上站起來，在房間中走動並開口說道：

「岩永小姐，這是什麼鬧劇？薰子是犯人的假說不就在昨天被妳自己否定過嗎？澄小姐在最後大叫說犯人是個男的，也已經證明那並不是犯人的偽裝伎倆。那麼薰子應該最不可能是犯人才對吧。」

妖狐吹雪雖然在殺害澄的事情上被人搶先一步，然而對於和剛一之間的交易還是很忠實。牠藉由偽裝澄的叫聲，盡最大的努力保護了薰子。也因為如此，岩永變得必須要針對這點提出虛假的說明才行了。

岩永一副細心解說似地回應耕也：

「當薰子小姐和耕也先生事後聽說現場居民們有聽到受害者的叫聲時，想必兩位都感到很驚訝吧。然後也注意到那是對你們很有利的材料。你們甚至可能懷疑，是不是音無董事長在背後動手腳，讓警方收集到了那樣的假情報。正因為如此，這次的會談更讓你們害怕音無董事長是不是知道你們就是犯人了。」

那個偽裝的叫聲在保護了犯人的同時，想必對犯人而言也是難以理解而感到毛骨悚然的事情。這點就成為了對岩永有利的要素。

「那叫聲實際上毫無疑問就是澄小姐發出來的。她知道犯人是薰子小姐，因此為了掩護女兒，故意讓人誤以為犯人是個男的，擠出最後的力氣大叫讓人留下『這是一樁強盜殺人案』的印象。正因為是親生女兒，所以即便是殺害自己的凶手，澄小姐還是想要保護她不受到警方調查呀。」

耕也聽到這段說明，忽然捶打牆壁大吼：

「這點妳昨天也自己否定過了吧！如果是計畫性的殺人，犯人為了避免受害者引起周圍注意，在殺害的時候應該會摀住受害者的嘴巴。然後為了不要留下線索，應該會確認受害者喪命之後才離開現場！如果是認識的人物計畫性的犯行，受害者就不會有大叫的機會，因此得出了那起事件應該是與受害者不相識的人物突發性犯行這樣的結論啊！」

看來耕也已經無法壓抑心中的焦躁了。自己所不知道的事實以及那個原因究竟帶有什麼樣的意義？這樣的不安自然會使人產生焦慮的感覺吧。

岩永冷淡地對耕也發動攻勢：

「薰子小姐是第一次殺人，所以並沒有徹底確認澄小姐已經喪命，只是看到對方倒下來動也不動就判斷應該沒問題了。但是澄小姐其實還勉強保有一口氣，而擠出了死前最後的力氣。母親為女兒著想的力量是很偉大的。」

「妳少在那邊擅自猜測！」

「薰子小姐有量過受害者的脈搏嗎？有確認過她的呼吸嗎？用為了不要在刀子上留下指紋而戴著手套的手，真的有仔細確認過這些事情嗎？」

「薰子說她仔細確認過呼吸已經停止了！」

「可是周邊居民們有證實說，當他們趕到現場時遺體還有溫度喔？」

「人死後不會立刻就變涼！就算死後幾分鐘還是會有溫度啊！」

「但是很多人都有聽到受害者的叫聲，代表澄小姐當時其實還活著。哎呀，雖然我不清楚那叫聲是出自於身為母親的心情，還是因為集團董事長被親生女兒殺害的事情要是被社會知道，可能會讓企業印象掃地，所以為了避免醜聞才大叫掩護薰子小姐的就是的。或許兩者都有吧。」

其實根本沒有什麼理由。澄當時並沒有大叫，而是妖狐模仿她的聲音罷了。因此這兩種理由都不對，都是假的。然而卻藉此套出了必要的真相。

岩永把視線從耕也身上移開，對剛一、晉與莉音歪頭露出微笑。

「好啦，看來耕也先生因為我從昨天開始的各種暗示與說明，以及接二連三超出預想的展開而感到精神衰弱了吧。會犯錯也是很自然的事情。」

耕也這時大概臉色蒼白吧。剛一、晉與莉音的注意力與其說是岩永還不如說是放在耕也身上。那三個人也都沒有漏聽耕也那句犯錯的發言。

岩永重新看向耕也。

「畢竟是二十三年前的事件，也沒有任何一點證據。如果沒有說出什麼只有犯人才知道的事情，不管再怎麼爭論都不會有結果的。耕也先生剛才自己說過：『薰子說她仔細確認過呼吸已經停止了』。」

耕也頓時愣住了。在這間飯店套房裡的人物之中，或許他是最後察覺這個失誤的人吧。

岩永的目的就此達成，向剛一證明了薰子才是犯人。

她接著向剛一行了一禮。

「音無董事長，就是這樣。這起事件的犯人是薰子小姐，而耕也先生是共犯。不過他們如果從擬訂計畫的階段就是共犯，按照耕也先生的個性肯定不會把動手殺人的工作交給薰子小姐吧。因此我認為當時薰子小姐是單獨執行殺人計畫，而耕也先生是到事後才得知這件事的。或許正因為如此，他才會如此拚命掩護吧。搞不好是薰子小姐因為這次音無董事長提出的課題而感到害怕，才會事隔二十三年第一次把真相告訴耕也先生的吧。」

澄是個被人形容為女豪的人物，從昨天以來表現也可以知道莉音同樣是個相當剛強的女性。那麼薰子身為澄的女兒、莉音的姑姑，就算擁有自己決意殺人並單獨執行的資質也並不奇怪。

剛一沒有任何回應，但如今岩永也沒有其他可以做的事情了。接下來只要交給音無家族自己收拾善後就好。岩永已經達成了剛一提出的要求。

「畢竟事件已經過了追訴期，剩下只是家人之間以及音無董事長自身信念的問題而已。請各位自由決定吧。正如我一開始的宣告，我只要踏出這間飯店就會把在這裡發生過的事情全部遺忘。我單純只是想告訴音無董事長，您依靠了不應該依靠的力量。」

岩永雖然這樣說明，但也不清楚現在啞口無言的剛一究竟有理解到什麼程度。於是她又補充說道：

「董事長選擇了違反秩序的決定，因此才會導致必須面對這個真相的因果。如果您當時是打算親手殺害夫人，或是抗拒了超乎人理的誘惑，即使令千金是真正的犯人，您應該也能在相信夫人是遭遇強盜殺人的心境下盡享天年吧。」

接著她為了離開房間而對九郎說道：

「九郎學長，請把貝雷帽拿給我。我們局外人就在此告辭吧。」

正當其他人都有如凍結般動也不動的狀況下，九郎走向房間深處的掛帽架拿下貝雷帽，再走回來交給岩永。接著岩永把貝雷帽戴上後準備走向房間門口時，忽然傳來莫名冷靜沉著的聲音：

「等等。妳以為自己可以那樣擅自離開嗎？」

耕也握在右手中的黑色自動手槍朝著岩永。他是為了預防像這樣的狀況而偷偷帶來的嗎？還是為了自殺用而藏在身上的？甚至搞不好是他原本打算在遇到逼不得已的狀況時把可能已經發現薰子是犯人的剛一偷偷殺掉，讓事情變得不了了之吧。岩永與耕也之間有相當一段距離，並不一定開槍就能夠擊中。然而也不是完全無法擊中的距離。

在場有幾個人驚訝得霎時停止呼吸，不過晉很快就回過神來：

「耕也先生，不要衝動！就算姊是犯人，事件也已經超過追訴期了！即使被警方知道也不會有大影響！我們也沒有資格責備姊，也沒有對外洩漏的意思啊！」

耕也大概是已經切換腦袋、做好覺悟的關係，用極為冷靜的態度繼續盯著岩永回應：

「當然，我會信任晉先生、董事長以及莉音小姐，畢竟各位都是音無家的人。但這兩人不一樣吧？再說，這兩人根本就沒有把真相挖出來的必要，可是卻故意那麼做，肯定是有什麼企圖。不，這兩人打從一開始就很奇怪啊！」

岩永不禁嘆了一口氣。她的目的早就已經告訴大家，也因此表示過自己不會干涉接下來的事情了。可是卻要被說成什麼奇怪的人，實在教人感到遺憾。

耕也依舊把槍口舉向岩永，催促剛一做出決定：

「就算已經過了追訴期，要是被外界的人知道依然難以避免在社會上的影響。這兩人，尤其是那個岩永琴子究竟會做出什麼事，根本無法信任。我們絕不可以讓他們走出這裡吧？」

剛一顫抖著嘴唇，用蒼白的臉交互看向耕也與岩永。換句話說，耕也是在要求對岩永他們進行封口，並暗示在場最有社會影響力的剛一想必能夠辦到超越法規的處置。例如殺死這兩人後把屍體處理掉，再偽裝成兩人是離開飯店之後失蹤的，就不會留下什麼後顧之憂了。

岩永這時抓了抓頭。

「我什麼事情都不會做的。耕也先生是如此珍惜、如此愛著薰子小姐，而薰子小姐也為了跟你的將來不惜殺人。要是我妨礙那樣相愛的兩位，不就會遭到戀愛之神的天譴了嗎？」

不禁感到麻煩的她決定把真心話說了出來：

「要是因為這樣害我跟九郎學長之間的感情出現變卦我也很傷腦筋。所以關於這件事情，我沒有打算再繼續扯上關係了。」

結果九郎忽然用力拍了一下她的頭。

「不要講蠢話激怒那個人。」

「什麼蠢話？我只是說自己在心情上也不想繼續扯上關係而已呀！」

對於岩永的反駁，九郎無奈地垂下肩膀後，大概是為了保護岩永而站到槍口前，緩緩走向耕也。

「岩永雖然是這樣的個性，但她是真的沒有打算要做出任何事情的。」

九郎的語氣倒是悠悠哉哉，感覺那樣反而才真的會激怒耕也。

正當岩永如此感到無奈的時候，耕也放在扳機上的手指變得更用力，把槍口重新舉向九郎。

「不准動。這可不只是在嚇唬你。我認同你很有膽識，但是那個大小姐有值得你賭上性命的價值嗎？」

「很遺憾，我並沒有讓那種賭局可以成立的性命。」

就在九郎一臉抱歉地如此說道後，緊接著槍聲響起。莉音忍不住發出彷彿喉嚨被勒緊似的微弱尖叫，晉與剛一則是頓時表情僵硬。空彈殼掉落到地毯上，子彈陷入牆壁中。

九郎的頭部噴出鮮血往後一仰，當場倒了下去。耕也似乎是射穿了九郎額頭的正中間，看來他的射擊技術很了得的樣子。

耕也踩踏越過九郎倒在地上的身體，走到岩永身邊。接著把槍口舉到她的眼前。

「這下我就無法回頭了。沒有人能夠回頭。妳和這男的都錯了。」

耕也的眼神很冷靜，槍身也沒有在顫抖。或許是因為射殺了九郎讓他變得膽子更大，心中沒有再感到猶豫的餘地了吧。也或許是想藉由這樣的行動將其他人心中的猶豫一併消除掉，逼迫大家做出決定吧。

即便如此，耕也似乎還是帶著極度的緊張，握著槍的手顏色蒼白，臉部也缺乏血色。

岩永看著剛開過槍而帶有熱度的槍身。面對妖怪或怪物的時候基本上不會有機會看到這類的道具，不過這質感與設計還真是簡樸。大概是被稱為「克拉克」的手槍類型的一種吧。

岩永雖然覺得抱著必死決心的耕也很可憐，但還是只能向他說道：

「我是正確的。你還有回頭的餘地。」

就在她如此發言的途中，從旁邊忽然伸出一隻手抓住了黑色的手槍。突如其來的狀況讓耕也一時無法反應，手中的槍輕易就被奪走，只能呆呆地愣在岩永面前。

搶走手槍的人當然就是九郎了。吃了人魚肉而成為不死之身的他光是被子彈擊中頭部也不可能喪命，再加上吃了件的肉所獲得的能力，讓他決定出從耕也手中輕易把槍奪走的未來了。畢竟這是非常有可能發生的狀況。

耕也因為剛才明明從額頭噴出鮮血、倒在地上化為屍體的九郎現在居然一臉尷尬地站在自己旁邊奪走了自己的手槍，而表現出無法置信的樣子。

九郎則是安慰他似地說道：

「我說過，我並沒有讓那種賭局可以成立的性命啊。」

耕也張開嘴巴呆望著九郎好一段時間後，動起全身大聲抗議：

「為什麼你會活著！我應該射穿你的腦袋了！看！貫穿的子彈也在那裡啊！你也明明噴出血倒下去了不是嗎！」

他指著子彈陷入其中的牆壁如此主張，然而現實中九郎就是站在他的眼前，對他怒氣沖天的態度感到不知所措，讓抗議場面看起來有如一齣鬧劇。雖然岩永也能理解耕也那麼做的心情就是了。

九郎帶著不知如何是好的表情，勉強擠出一段辯白：

「呃，這是那個，對，在時代劇中不是偶爾會有嗎？明明被刀砍了卻沒有死，原來是用刀背砍到的那個。所以我才會平安無事的。」

「子彈哪來的刀背！」

而且頭都被貫穿了，還講什麼刀背不刀背？岩永感覺這樣下去只會沒完沒了，於是將拐杖舉到兩人之間，介入其中。

「在這裡發生過的事情就有如一場白日夢，請把我們想成是夢中的居民吧。因此我們不會受到現實世界的法規或定律所束縛，對現實世界也一點興趣都沒有。」

耕也交互看向岩永與九郎，最後全身跪了下去，雙手撐在地毯上。大概是教人眼花撩亂的狀況變化終於讓他的腦袋處理能力超出極限了吧。

九郎不知奪來的槍該如何處理才好，於是一臉無奈地交給了身為現場負責人的剛一，並對他鞠躬行禮。剛一則是彷彿全身虛脫似地任由九郎擺布。

岩永重新戴上貝雷帽，說出最後的道別：

「那麼各位，我們真的就此告辭了。我並沒有要與音無集團為敵的意思，也請音無董事長在這點上多多關照。」

雖然並不是完全沒有被結怨的可能性，但只要多少有點腦袋，在場應該就不會有人想要跟岩永為敵吧。

岩永帶著九郎離開了套房。雖然本來還想再稍微享受一下高級飯店的設施，不過就到這邊為止吧。現在時間還不到下午兩點。難得的星期日，昨晚也有睡飽，就跟九郎一起去找個地方玩玩吧。

離開時的房間一片寂靜，也不曉得那些人後來討論了些什麼。不過這些都已經不是岩永關心的事情了。

九月十八日，星期日。這天從早上就下著大雨，到了中午也沒有放晴的跡象。

音無莉音從上午就坐在街上的速食店裡，將漢堡套餐擺在面前，呆呆回想著最近發生的事情。或許是天氣不好很少人出門的關係，店裡的客人也是零零星星。

名叫岩永琴子的大小姐把沉睡了二十三年之久的真相挖出來後已經過了兩個禮

拜。岩永當時腳步輕盈地離開了飯店，但剩下來的其他人可就沒那麼輕鬆了。

剛一坐在椅子上毫無動作，耕也也跪在地上動也不動，晉為了想辦法收拾局面而率先發出聲音，莉音則是打電話向父親亮馬求助。

在過了一晚依然持續的混亂之中，薰子自殺未遂，由於耕也早期發現並緊急處理之下雖然救回了一命，但一方面又加上精神上的打擊，就這樣繼續開始住院生活了。

薰子似乎從之前就有預感自身的殺人罪行可能會透過剛一的課題被挖掘出來，這一個月來精神都相當不安定的樣子。再加上那個罪行被親人們知道的事實，讓她變得難以承受了。或許她心中一直以來都抱著殺害了母親的罪惡感吧。

亮馬與晉都表示自己既沒有事到如今還責備薰子的心情也沒有那樣的資格，只要有時間就會去拜訪薰子為她打氣，而莉音也沒有對那項罪行多說什麼的立場。至於當時被岩永逼到絕境而跪到地上的耕也也只是讓人感到無比的同情，對於他非法持槍的問題也讓人一點都沒有想追究的念頭。那樣的耕也想必在精神上也受到相當大的打擊才對，不過還是很獻身地陪在薰子身邊照顧著她。

就某種意義來說，過去甚至感覺互相有點冷漠的音無家長男、長女與次男如今卻同聚一堂，亮馬與晉之間疏遠的感覺也彷彿是騙人的一樣消失了。或許在這點上算是一種救贖吧。

另外，剛一受到的精神打擊似乎也相當大的樣子。本來他只是想要對自己的罪過進行制裁，卻沒想到把長女的罪行給挖出來了。而且這下還面臨了是否應該按照自己當初主張的信念，對長女的罪過進行制裁的問題。至於造成這種狀況的原因也可說是執行了這次奇怪的企劃並找來岩永的剛一自己，感覺光是自責的心情就會讓他所剩不多的餘命又變得更短了。

除了這些心情上的操勞外，惡性腫瘤造成的健康惡化也變得嚴重起來。明明當初一點都不讓人感受到衰老或病痛的剛一居然在岩永離開後過了三天忽然倒下，同樣住進醫院了。

二十三年前究竟發生過什麼事？薰子與耕也都還沒有詳細說明。不過他們至少表示過，岩永說明的內容並沒有錯。

當時薰子為了和耕也在一起又不要害他的事業被搞垮，一個人默默做出將澄殺害的決斷，獨自實行了讓人誤判骨折時間的詭計，而且據說直到最近都甚至瞞著耕也這件事情。但由於剛一提出的課題使那段過去重新湧上腦中，於是她求助於耕也，而耕也也答應了她的要求。一切都如岩永所說的內容。

畢竟剛一倒下、薰子住院、耕也身心疲憊、亮馬與晉之間又一反過去的態度頻繁聯絡而且表情複雜地在進行各種動作，因此音無家發生了什麼異變的事情已經難以隱瞞了。不過關於薰子的犯罪行為則是完全沒有被洩漏給外界知道。

就算受到外界質疑，應該也能一口咬定表示不知情而含糊過去吧。這同樣是一如岩永所說，畢竟事件既沒有留下證據，也早已過了追訴期。

即便如此，音無家的人們心中的陰影還是一天變得比一天深濃。正因為知道了真相，搞不好今後都要永遠抱著這樣的感覺活下去才行。光是這個想，莉音的心就變得沉重不已。

其實影子一直都存在著。事件是發生於二十三年前，殺人之罪與犯人一直都存在，只是沉眠在水面下而已。而如今岩永琴子將它喚醒，讓大家看到了影子的所在。

對莉音來說另外也有一種被那個大小姐利用而感到火大的感覺。她讓莉音提出假的解答，將莉音當成了把耕也逼到走投無路的道具。而且岩永其實大可以把真相隱瞞起來，用那個假的解答讓整件事情落幕才對的。那個假的解答只要用得恰當，其實是可以讓一且圓滿收場的。

只要岩永把真相藏在心中，就可以防止像這樣悲劇性的結局了。可是她卻故意把真相挖出來，然後又一副事不關己地離去，為剩下的其他人帶來苦痛，真的是個只會找麻煩的女人。實在教人生氣。

但如果是在她面前，自己肯定無法湧起那樣的心情吧。那個叫岩永琴子的大小姐非常恐怖。她是依循著某種莉音無從理解的信念與規則在行動，帶著如果有人妨礙自己就絕不手下留情的冷酷個性。實際上當時將耕也逼到走投無路時的手法就相當冷酷。一個人究竟是累積過什麼樣的經驗，才會像那樣讓楚楚可憐與殘酷冷漠的感覺並存呢？究竟是抱著什麼樣的信念，才會像那樣堅持貫徹自我呢？

另外，岩永介紹說是自己男朋友的那個叫九郎的青年也很奇怪。莉音當時確實有看到他額頭被子彈射穿、眼神空虛地倒下身子。可是他接著又恢復原狀，若無其事地站起來奪走了耕也的手槍。

「那兩個人、真的是人類嗎？」

看著被雨淋溼的玻璃窗，莉音不禁如此小聲呢喃。耕也之前也說過，那兩個人打從一開始就很奇怪。他們實在太可疑了。

只要剛一或晉有那個意思，他們其實也可以對岩永家施壓，為這次的事情做出報復。但剛一想必已經沒有那樣的精力，晉也說「我們不應該和那個家族、和那個大小姐扯上關係。那人太過莫名其妙了。」而打從心底感到害怕。耕也同樣表示過「我應該乖乖聽從學的忠告才對的。那個人完全超出了我的想像與警戒啊。」並感到不甘心地咬起嘴唇。

莉音也在心中鄭重發誓，自己決不會再跟那個大小姐扯上關係，也決不會再冒然參加什麼解謎了。至少岩永讓她學到了一件事：把隱藏的東西挖掘出來的行為是伴隨危險性的。要是因為事情稍微順利就過度相信成功經驗，搞不好又會掉入自己挖出來的洞中了。

心情怎麼也好不起來。從沉睡中覺醒的殺人事件造成的餘波感覺永遠都不會平息。天空依然沒有放晴的跡象，陰影只有不斷變濃、不斷變暗。

岩永琴子和櫻川九郎一起來到病房探望音無剛一。住院中負責照顧剛一的人一而再、再而三地聯絡岩永，說剛一希望他們能夠再來見個面。但由於當初有約定好只要踏出飯店就會把在那裡發生過的事情遺忘，因此岩永總是用「我既沒有和音無集團的董事長大人見面的道理，也不記得自己有什麼必要跟他見面。請問是有什麼事情嗎？」的藉口拒絕對方。

然而剛一卻依然表示希望岩永能在這點上多多包涵，過來見他一面，於是岩永在這個從早下著大雨的日子中只好不得已地帶著九郎前來拜訪了。

躺在病床上等待的剛一與兩週前完全不同，徹底呈現虛弱而缺乏朝氣的狀態。不過一個餘命一年的人像那樣精神洋溢地走動才是件奇怪的事情，就醫學觀點來看或許他現在這樣才是一般的狀態吧。

雖然不到需要二十四小時仰賴點滴與人工呼吸的程度，但應該也沒有康復的希望了。即使岩永他們來訪，剛一也似乎連坐起上半身都辦不到的樣子。

在面積寬敞，護理設備也很充實的個人病房中，現在只有剛一、岩永和九郎。岩永坐在病床旁的椅子上，九郎則是拿著岩永的貝雷帽與拐杖站在她的背後。

剛一望著天花板，虛弱地揚起嘴角一笑。

「我找妳來並不是想對妳講什麼怨言。當時那是我自己招致的結果，也沒有違背我的信念。就算妳沒有基於人情把真相藏在心中，我也沒有道理怨恨妳吧。」

「您有什麼怨言可以儘管說出來沒關係，我不至於會無情到那種程度的。而且我這個人並不會在意那種事情。」

反正不管講了多少怨言，現實也不會有什麼改變。既然如此，這點程度的抒發壓力對岩永來說是可以接受的。

剛一露出對於那樣的岩永感到莫名羨慕的眼神，接著進入正題：

「後來究竟發生了些什麼事情，我想妳也沒什麼興趣知道吧。像這樣把妳叫來也是違反約定的行為。不過有一件事情我無論如何都想確認一下。」

剛一稍微轉動頸部，將視線望向岩永的後方。

「你叫櫻川九郎是吧？我聽說你是櫻川六花小姐的堂弟。」

這句話讓岩永也霎時感到驚訝。九郎同樣用動搖的聲音回應：

「您認識六花小姐嗎？」

剛一似乎感到懊悔似地把頭轉回原處。

「最開始，我商量該如何贖罪的對象就是櫻川六花小姐啊。」

即便是岩永，一時之間也無法理解為什麼六花會跟這次的事情扯上關係。

「我以前聽說某間醫院有一名長期住院的女性，不但擁有不死之身而且能夠決定未來會發生的事情。雖然她並沒有利用那個力量掌握權力或是操控他人，不過據說只要找她商量，大致上的事情都能發展順利。我並不清楚她在那間醫院長期住院的真正理由，但傳聞說醫院是在協助她進行變回普通人的研究，並且以利用她的能力做為交換條件的樣子。」

聽著剛一這段話，岩永在大腿上緊握起拳頭。本來以為這次的事情已經徹底結束，但看來這想法還言之過早了。

「我是個曾經和妖狐進行過交易的人，對於不屬於這個世界的人竟然會以那樣的方式存在於這個世界的事情感到興趣，於是請院方安排讓我跟她見了一次面。然後我知道了，她是真貨。感到美麗的同時，我也看出了她明顯與一般人不同。」

剛一或許擁有在某種程度上靠視覺分辨怪異存在的天分。也許正因為如此，他容易被可疑的力量吸引，也容易相信那樣的事情吧。

「兩個月前，當我坐車移動的時候，看到她一個人走在街上。當時苦惱於過去的罪惡該如何處置的我立刻認為這是上天的安排，於是叫司機停下車，對她搭話了。因為我認為與怪異存在扯上關係而造成的煩惱就要找怪異存在商量或許才是最適切的選擇。」

剛一講話的態度莫名有種信奉著六花的感覺。

「她當時雖然感到困惑，但還是願意聽我商量了。不過我並沒有連殺人事件的部分都告訴她，只是問她如果曾經與妖怪進行交易而犯下罪過，有什麼方法可以贖罪？或者能不能藉由她的力量引導出我應得的未來？」

接著，剛一看向此刻在他身邊的岩永與九郎。

「結果她告訴了我，關於和她擁有相同能力的堂弟以及那個堂弟的女友琴子小姐的事情，並說那兩人應該可以實現我的願望。我剛開始雖然半信半疑，然而就在收集關於琴子小姐的情報時得知了幾項不尋常的傳聞。然後實際見到面的時候，我也感受到妳擁有不尋常的力量。」

雨滴敲打在玻璃窗上。像這樣的日子岩永其實很想打盹的，但看來暫時都無法享受那種心境的樣子。

岩永想著這樣的事情並努力壓抑自己不要讓表情變凶，結果剛一彷彿稍微站在優勢似地說道：

「或許講這種話會讓你們不開心，不過在我眼中看來，不論琴子小姐還是九郎先生都不太像是人類啊。」

那究竟看起來是什麼樣子？能不能請你畫成圖來看看？雖然九郎應該會覺得討厭就是了。

剛一接著閉上眼睛。

「所以我才會感到信任，把事情託付給妳的。然而現在回頭想想，我又忽然開始疑惑自己為什麼會聽從那個叫六花的女性所言而信任妳了。難道說我是被六花小姐引導至這個未來的嗎？」

當人回想過去時會對自己的決斷或行動感到難以置信的經驗應該不算少吧。這並不是剛一想要逃避責任，也許只是他漸漸開始感到不安，或者對於怪異存在的畏懼心開始變得強烈了吧。

岩永斟酌言詞一段時間後，老實說出了自己的見解：

「無論那個人還是九郎學長，都不是想要什麼未來就能決定什麼未來。他們終究只能決定出可能性較高的未來而已。音無董事長是由於自身過去的經驗而抱持著容易信任怪異存在的心理，而且強烈期望這次也能藉由那樣的存在解決問題。我想六花小姐頂多只有干涉到讓您消除心中對於這個決定的迷惘而已吧。並不是音無董事長被她隨意操控了。」

無論九郎還是六花都並非萬能。他們並無法創造奇蹟。只是如果不惜麻煩的手段，也能辦到讓人覺得近乎奇蹟的事情罷了。即便如此，他們也不至於到能夠使可能性為零的事情發生的程度。

「這樣啊。嗯，我想也是。」

剛一心中覺得不太願意接受的同時，又彷彿在說服自己這一連串的事情終究是起源於自己，因此必須甘心接受這個結果才行似地如此說道。

九郎這時有點緊張地問道：

「請問您知道六花小姐現在人在哪裡嗎？」

「我當時跟她道別之後就沒再見過面了。我們也沒有交換聯絡方式。她大概是對於結果變得如何都無所謂吧。不過難道她是預測到事情會變成這樣而向我推薦你們的嗎？」

對於剛一這樣的詢問，岩永忍不住表現出苦澀的心情說道：

「我不知道。對我來說那個人也是很棘手的。」

岩永與九郎離開剛一的病房後雨勢依然不減，甚至下得更大了。磅礴大雨讓人不禁猶豫該不該走路到附近的車站或公車站牌，於是他們決定暫時留在醫院大廳觀察狀況。

「沒想到是六花小姐在背後牽線的呀。我雖然有感覺到董事長會決定來委託我的那段過程未免太過巧合，但我並沒有預料到這個程度。」

岩永坐在沙發上喝著九郎買來的罐裝紅茶並陷入思考。

「為什麼六花小姐要把這件事情推到我身上？就算是六花小姐也不可能靠那麼一點情報就看出事件的真相或來龍去脈才對。難道單純只是想給我找麻煩嗎？」

那個女人應該很有可能會這樣想。即使沒有什麼特別的陰謀或企圖，她也有可能光是因為覺得岩永會感到討厭就做出這種事情。雖然背後暗藏陰謀會讓人覺得麻煩，但抱著那樣的理由做出這種事情同樣讓人覺得麻煩。

九郎坐到岩永旁邊，一副不在乎地回應：

「可以想到的理由有兩個。」

看來他難得比岩永先想到答案的樣子。

「一個是讓妳把注意力集中在這次的事情上，而難以察覺她接下來在準備什麼企圖。」

「這確實比起單純的找麻煩還要有可能性呢。」

這與其說是主動性的牽制戰術，應該不如說是「既然可以發揮這樣的效果就順便利用一下吧」的行動。

接著九郎有如在暗示下一個答案才是正題似的，用認真的語氣說道：
「另一個可能的理由，就是想藉此讓我明白妳對於怪異現象相關的委託會如何解決。」
「事到如今嗎？那種事情九郎學長已經看過好幾次了吧？」
九郎好歹也是和岩永交往將近三年的男朋友，應該很清楚岩永的做事方式與行動原理。事到如今還為了讓他明白這種事情而把委託推到岩永身上實在一點意義都沒有。
然而九郎似乎是站在不同的觀點。
「是那樣沒錯，但她可能是認為像這次這種跟人類有密切關聯性的案子會更加凸顯出妳的特質吧。」
還有什麼特質？岩永無論面對什麼樣的對象，一直以來都是依循著同樣的原理原則在行動。
或許是看見岩永把感到難以理解的心情寫在臉上的關係，九郎苦笑一下後補充說道：
「妳在這次的事情中為了維護秩序，不夾雜任何一點人情，即使有預料到會導致悲劇性的結局，也依然把真相公開出來了。六花小姐或許是認為這次的事情可以清楚讓我見識到，妳為了守護秩序決不會留情。」
「不不不，怎麼講得好像我是什麼冷酷無情的機械一樣。做出過分行為的人是那位董事長，而我出面糾正哪有什麼人情不人情的？」

岩永甚至在對待剛一他們時都盡可能不失禮數，而且為了讓事情保留在他們自家人的範圍內，還限定了自己要參與到什麼程度，這應該也可以說是很有情的處置才對。明明都發生了殺人事件卻讓結局成為喜劇才真的有失慎重而感覺會被罵呀。

九郎嘆了一口氣，把手放到岩永頭上。

「是啊，妳只要保持那樣就好了，沒有必要煩惱。雖然妳腦袋應該也沒有煩惱的迴路就是了。」

「九郎學長那樣的講法才真的欠缺人情吧！」

明明岩永是那麼認真在思考六花的企圖，這男人難道一點都沒有危機感嗎？甚至還把人講得好像神經很大條一樣。他才應該跟岩永多多交流感情，理解何謂正常人才對。

總之感到很火大的岩永於是決定就算九郎抵抗也要把全身都靠到他身上好好睡一覺了。

第六章　岩永琴子是個大學生

小林小鳥與男友天知學進到店裡坐下來，點完餐後才不經意想到：這一帶應該是H大學的學生街吧？

九月底，這天雖然是平日，但兩人各自就讀的大學剛好都停課，也沒有排到打工，於是他們上午相約見面到美術館參觀。接著因為學表示近處有一間推理作品相關書籍很豐富的舊書店，於是兩人搭電車到隔壁車站。直到過了下午兩點才為了吃午餐而進到了這間店。

這是一間裝潢別致而光線明亮的咖啡廳，不過由於是在學生街，菜單也有提供許多價格實惠的定食與套餐，大概是為了女性客群也有蔬菜類的套餐，很適合當成午餐。店裡的吧檯座位較多，不過也有一定數量的餐桌座位，感覺應該可以好好坐下來用餐。至於店家的名字，寫作「艾因」。

小鳥與學進到店裡的時候或許是因為忙碌時段已經過去，只有吧檯最深處的座位上坐著一名看起來應該是大學生的青年，端著咖啡靜靜讀書。

小鳥從進到店裡時就莫名覺得自己好像在哪裡見過那位青年，可是那個人外觀上沒什麼特徵，感覺只要過了半天應該就會遺忘，因此或許是和什麼其他人物搞混了吧。

比起那種事情，小鳥更在意學有可能是在不知情之下來到這條學生街的，於是保險起見開口問道：

「阿學，這條街旁邊的H大學，是岩永同學考上的學校吧？」

「是嗎？」

「她高二的時候不是就有說過要去她暗戀對象就讀的H大學了。」

雖然岩永後來跟那個對象成為了情侶，不過從年齡差距推斷，當岩永入學的時候對方應該也已經要畢業了。

因此小鳥當時有向岩永確認過這點，結果岩永得意洋洋地說過那個人打算繼續讀研究所，所以兩人還可以一起過幾年的大學生活。後來岩永一如計畫考上H大學的時候，也是得意地炫耀了一番。

學原本表現得像在裝傻，但很快就明白這是沒有意義的行為而乖乖承認：

「確實是那樣沒錯。我當時還有點不敢相信，那個岩永居然會以那種戀愛感情為優先考量，決定自己要報考的大學啊。」

果然學是在知道這點之下來到這一帶區域的。

「你會特地跑到這種地方來，是在想有可能碰巧遇上岩永同學嗎？」

小鳥接著又提出這樣稍微深入的問題。對於小鳥的追問，學彷彿是連他都不太明白自己究竟是什麼心情似地停頓了一下後，回答道：

「我並沒有抱著那樣過度的期待。反正就算遇到，對方也不一定還記得我們，而且就算還記得，感覺也只會猶豫該說些什麼啊。」

就連小鳥也是一樣，如果現在遇上岩永同樣不曉得該講些什麼話。感覺只會支支吾吾地講起天氣之類的話題吧。像上次在購物中心擦身而過的時候，小鳥也是乾脆裝作沒有看到岩永。

雖然在高中時代，小鳥相較上會與岩永親近交談，但一直都有種對方好像和自己活在不同世界的感覺。因此小鳥總認為當時機到來就會理所當然和岩永分開，而且想要再度接近她的想法是有違道理的事情。

學應該也和小鳥抱著同樣的感覺才對，可是唯有這次的狀況讓他覺得必須有所行動吧。他接著微微皺起眉頭說道：

「岩永被音無董事長找去當評審究竟做了些什麼？這點讓我一直很在意。雖然我不認為岩永會把連我舅舅都不願意告訴自家人的事情輕易說出來，但我還是忍不住覺得如果能見到她向她問一聲，她或許會給我某種讓人能夠接受的回答。」

音無集團的董事長——剛一在關係到自己遺產繼承的課題中找岩永琴子去當評審，而學的舅舅藤沼耕也也因此在收集關於岩永的情報。這些事情小鳥都有從學的口中得知。而且也有預想到那個課題內容肯定很詭譎，想必會引起不尋常的展開。

後來過了沒多久，這個月初小鳥便看到新聞報導說音無董事長住院，也從學口中聽說董事長的長女，也就是耕也舅舅的太太在同時期自殺未遂。耕也也變得非常憔悴，就算親戚們詢問他究竟發生了什麼事情，他也只會回應「大家千萬不要跟岩永琴子這個姑娘扯上關係」這樣一句話，其他一切都閉口不答。

不管怎麼想都知道，岩永肯定是做了什麼事情。對於事前有和那位舅舅見過面，而且針對岩永提出過忠告的學來說，肯定很在意那個來龍去脈吧。

「你舅舅後來怎麼樣了？」

「聽說他太太已經康復，精神也穩定下來。舅舅的公司在經營上似乎也沒有造成太大的影響。音無集團雖然有一段時期似乎因為奇怪的謠言讓股價下跌，不過現在也已經恢復到以前的狀態了。只是相關人物們的壽命肯定縮短了吧。」

學或許內心相當懊悔，自己應該更加警告舅舅關於岩永的事情。

「大概是岩永同學真的做了什麼事情吧。」

小鳥這半個月來也因為學總是表情陰暗而感到很在意。

「也對。或許那是不要知道比較好的事情。不過我同時覺得如果只是像這樣來到岩永就讀的大學附近就能偶然遇上她，或許就代表那是我應該詢問並得知的內容。」

學如此說道後，又把手放到額頭上。

「不對，這樣依靠偶然的機率，有如等待占卜結果或上天啟示決定行動的想法，根本是神祕學的範疇而不是懸疑推理啊。」

他雖然像是在開玩笑轉換心情，但一點都沒有變得開朗的感覺。

就在這時，剛才點的咖哩飯、法式清湯與沙拉套餐上桌了。端菜來的中年男性看起來應該是這間店的店長，將餐點放到桌上的同時一臉疑惑地開口問道：

「請問兩位客人是岩永同學的熟人嗎？」

小鳥頓時感到困惑，而學也一副不明白對方用意似地回問：

「我並不清楚我們所講的『岩永同學』和您所說的『岩永同學』是不是同一個人物喔？」

「哦哦，說得也是。因為兩位客人提到『岩永』這個名字時氣氛上感覺有什麼隱情，所以我忍不住就聯想到那位女性了。她看起來是個千金大小姐，明明是大學生卻看起來很年幼，有如一尊人偶，然而又給人某種冰冷而沒有破綻的感覺，手上總是握著一根拐杖。」

「那確實是同一個人物。」

學立刻如此回答。小鳥也能保證，世界上那樣的「岩永同學」肯定只有岩永琴子一個。

學緊接著說道：

「我們高中時代和她是同一個社團。雖然畢業之後都沒有再聯絡，但最近發生了某件事情想要詢問她。所以我們想說到她就讀的大學附近或許會偶然遇上她。」

端菜來的這位男性果然就是這家店的店長，而根據他的說明，岩永似乎經常跟男朋友一起光顧這家店。只是她曾經有一次揮舞拐杖向那男友抗議自己的不滿，要對方帶自己到更像樣的店家。這件事對那男友來說自然很可憐，對店家而言也等同於在講壞話。實在是一場麻煩。

然而店長當時完全不感到在意，岩永後來也有專程到店裡來道歉，說自己講得太過度了。而且她那句發言是因為得知這家店原來是那位男友和前女友經常來光顧的店家，一時吃醋而說出口的。這點讓店長不禁覺得原來這女孩有如此可愛的一面，而對她產生了好感。

不知是偶然還是上天的安排，小鳥與學隨便挑選的店家沒想到居然是岩永經常光顧到店長都會記得她名字的店。這雖然是一間女性客人也容易入店的店家，不過總覺得岩永如果坐在店裡會相當格格不入。

店長大概是看出學心中有所煩惱，於是親切回應：

「不過您就算想偶然遇上岩永同學，她現在應該還在大學上課吧。這個時段本來就很少會有學生來我們店裡。」

「說得也是。會遇上才真的奇怪啊。不，應該說真的恐怖吧。」

學露出彷彿鬆了一口氣，但感到可惜的心情似乎比較強的笑臉。

店長接著稍微猶豫了一下後，將臉微微轉向吧檯座位的方向，用眼神示意小鳥與學進店之前就坐在那裡的青年。

「不過如果是岩永同學的男朋友，就坐在最深處的那個座位喔。若是不介意，要不要我去幫您問問看他方不方便呢？」

學霎時張大嘴巴僵住了。小鳥也是一樣。剛剛進店的時候，小鳥就有覺得自己好像在哪裡見過那位青年卻想不起來。明明岩永以前就為了炫耀男友而給他們看過好幾次照片，不久之前也在購物中心擦身而過地說。

看來這世上真的有所謂「上天的安排」。

坐在吧檯座位的青年——名叫櫻川九郎的岩永男友聽到店長轉達小鳥與學的事情後，便看向他們並端起咖啡杯立刻起身，很和善地從吧檯座位移動到餐桌邊。

學於是站起來自我介紹，對坐到對面座位的九郎深深一鞠躬後，重新坐下。小鳥也同樣報上自己的名字並跟著鞠躬。對九郎來說，跟自己女友高中時代的社團朋友面對面交談的狀況想必讓他感到很奇怪吧。

「麻煩到你真是不好意思。明明我們是初次見面，而且又是這麼莫名其妙的狀況。」

然而九郎或許是個心胸相當寬大的老好人，反而表現得比學還要感到抱歉似地揮了揮手。

「不，我想兩位在高中時代肯定因為岩永吃了不少苦頭吧。或許應該是我要向兩位道歉才對。」

他也許是為了消除小鳥與學的緊張，接著又補充說道：

「應該是上個月吧，我記得有和兩位在購物中心擦身而過。當時兩位看到我們的樣子簡直就像遇上什麼幽靈一樣，所以我問了一下岩永，才知道兩位是高中時代關照過她的人物。」

「哦哦，就是你們在講什麼佩斯利花紋的那時候。」

看來學也記得當時的事情。

「那個話題就請別提起了吧。真不曉得她到底是從哪裡找來那種花紋的。」

九郎彷彿是回想起什麼惡夢似地如此說道。

看來岩永並沒有忘記小鳥與學的樣子。然而她即使在購物中心注意到這兩人也沒有想要來打聲招呼，可見她並沒有感受到重溫舊情的必要性吧。

「話說回來，聽說你們有事情想問岩永是吧？」

「呃，是的。」

九郎雖然如此幫忙開頭，但學似乎很猶豫該怎麼問起才好的樣子。如果請對方現在把岩永叫來也很失禮，而且音無家發生的事情想必內容非常敏感，岩永應該也不會隨便告訴男友吧。音無家肯定也有對岩永下達封口令才對。

結果九郎用溫和的眼神對學問道：

「你叫天知學是吧？你是藤沼耕也先生的外甥嗎？」

「是沒錯，不過你為什麼會知道我舅舅的名字？」

九郎對於學的這個問題沒有直接回答，而是提出了核心的話題：

「你想問的內容，是在音無家的聚會中究竟發生過什麼事情對吧？」

「你、你知道嗎？」

面對頓時感到驚訝的學，九郎露出嚴肅的表情回應：

「畢竟我當時也有陪同岩永一起出席。而且我們又向對方約定好，要把當時發生過的事情全部遺忘。就算是當事人的親戚，我也無法說明任何事情。我想就算詢問岩永肯定也是一樣吧。」

小鳥雖然有預測到岩永應該無法回答問題，但沒想到眼前這位九郎當時也在場，讓小鳥感到相當驚訝。那應該不是一場光因為是男朋友就能隨便陪同出席的聚會才對。音無家的人肯定也會感到可疑。即便如此，岩永還是讓九郎陪同，可見她對於這個人非常信賴吧。

這個身高雖然比一般標準來得高，但除此之外都只給人平凡印象的青年究竟是什麼地方吸引到岩永的？小鳥從高中時代就抱有這樣的疑惑，而即使像現在這樣面對本人，她還是感受不出有什麼特別的。但反過來說，跟那個岩永交往多年還能保持這樣平凡普通的樣子，或許就是一件很異常的事情了吧。

學愣了好一段時間後，總算回過神似地清了一下喉嚨，開口說道：

「你真的當時也在場？」

「雖然是被岩永半強迫之下帶去的啦。據岩永的說法，她最大的理由似乎是因為覺得自己一個人出席別人家的家族聚會太無聊了。多虧如此害我必須向打工的地方請假，而且還被捲入了嚇人又複雜的麻煩事件之中啊。」

九郎大概是回想起當時的事情，微微垂下了肩膀。接著也許是想到事件關係人們的遭遇比自己更慘的緣故，語氣變得帶有哀悼之意。

「關於音無董事長以及藤沼先生後來的遭遇我也有耳聞。會將造成那種狀況的原因與岩永聯想在一起也是當然的。等待時日過去，我想藤沼先生或許就會親自告訴你究竟發生過什麼事情，或是稍微講述其中的一部分吧。」

學似乎想追問什麼事情，但九郎伸出手掌制止他，並盯著學的眼睛強調：

「不過為了岩永的名譽，我要說清楚。她始終都表現得很公正。就算她明知有方法可以迴避那樣帶有幾分悲劇性的結果卻沒有選擇那麼做，也不能因此責備她無情。岩永是依循她自身的行動原理與信念，引導出了最佳的結果。」

這段話一反九郎這個人極為平凡普通的印象，帶有甚至讓小鳥不禁停止呼吸的強勁氣魄。而學似乎也被那氣勢壓倒了。

「最後的結果之所以呈現悲劇，並不是因為岩永的選擇，而是音無家本來就隱藏有招致那種結局的原因。而且為了避免讓那個原因導致更大的悲劇，岩永也已經盡到她最大的努力了。」

九郎如此總結後，露出由於自己語氣過重而感到尷尬似的表情微微低下頭。

學大概是對於自己被對方氣勢壓倒的事情感到不甘心的緣故，提出了連小鳥都覺得有點吹毛求疵的反駁：

「表現得是否公正，是人可以判斷的事情嗎？有辦法保證其中沒有參雜任何一點的不純、不足或是人為性一時的念頭嗎？」

「人並沒有辦法判斷。就連法官說是依循法律進行公正的判斷，實際上也是不可能做到的事情。現實中確實也存在有不同法官做出不同判斷的案例，明明是同一個案件同樣的證據卻出現判斷不同的狀況也並不稀奇。人類的極限只能做到讓行動看起來公正而已。而那樣的公正頂多只是在多數表決下判斷是否為公正的程度，並不算可靠。」

九郎如此肯定學的反駁很有道理的同時，卻又不改主張地說道：

「然而岩永是很公正的。雖然基於某些原因，我無法說明這個主張有什麼根據，但她的行動原理與信念決不會因為不純、不足或一時的念頭而有所改變。她想必連改變的念頭都沒有吧。就算那結果會對親戚朋友或是她自己本身造成嚴重的不利也是一樣。」

這樣斬釘截鐵的講法簡直就像在說岩永是什麼超越人類的存在一樣。學雖然因為對方用篤定而率直的眼神如此斷言而一時畏縮，但最後又感到傻眼似地回問：

「就算結果會對自己造成嚴重的不利也是一樣，那樣反而很危險吧？」

「是很危險。而且她本人又缺乏那樣的自覺，更是危險。」

九郎露出開朗的笑容如此回應。學由於對方態度一轉開朗斷言，又變得更加畏縮地回了一句「這並不是可以笑的事情吧」。

小鳥也理解了，這絕不是可以笑得出來的事情。不會改變想法的人就容易起衝突，而當發生衝突的時候就會有其中一方，甚至雙方都受傷。如果連改變想法的念頭都沒有，又缺乏那樣的自覺，就可能在明明沒有惡意之下毫不留情地破壞周圍甚至自己。搞不好會跟人結怨，難保會遭受什麼樣的報復。即便避免了那樣的狀況，也可能在不知不覺間因為自己的力量害自己受到致命的傷害。

小鳥霎時對眼前這位不知該說是樂觀還是遲鈍，彷彿毫無憂慮似地面帶微笑的九郎這個人物感到毛骨悚然起來，於是忍不住插嘴說道：

「呃，櫻川先生同樣也缺乏自覺吧？那種人想必是對於越親近自己的對象越容易造成傷害。搞不好你才是最大的受害者喔？」

身為情人越是陪在岩永身邊，就越容易跟著遭人結怨，而且又可能遭到岩永殘酷對待。九郎被捲入音無家的麻煩事之中就是一個很好的例子。九郎應該沒有餘力去擔心岩永是否危險才對。

九郎微微看向小鳥後，傷腦筋似地笑著嘆了一口氣。

「即便如此，也不能因為這樣就丟下她一個人吧？而且只要我陪在她身邊，多少可以減輕她受到的傷害啊。」

小鳥頓時察覺自己誤會了。這個人絕不是個性遲鈍，只是他非常重視岩永而已。甚至到毫不考慮自己受傷的程度。

但如果是那樣，九郎本身又能平安無事到什麼時候？從他身上完全感受不出這個問題的嚴重程度。這點同樣讓小鳥感到非常不自然，難以壓抑不安的心情。

或許是因為看出小鳥那樣的心情，九郎害臊地說道：

「哦哦，不過幸運的是我這個人很耐打，至今都沒有受過什麼嚴重的傷害喔。」

如此說完後，他將杯子中剩下的咖啡一口飲盡了。

九郎後來留下一句「很抱歉沒能幫上兩位的忙」並對小鳥與學行禮後，便結帳走出了店門。或許剛才店長去向他轉告小鳥與學的存在時，他就已經準備要離開了吧。

到頭來還是沒搞清楚岩永究竟對音無家做了些什麼，不過小鳥至少明白岩永是很公正的人，而且有個理解那樣的她並願意陪在身邊守護她的人了。

「原來岩永同學看男人的眼光也不差呢。」

那個人確實值得岩永單戀一年以上。能夠對那樣的岩永關懷到這種程度的異性絕對不多，而岩永能夠看出那樣對象的眼光確實讓人不得不佩服。

學則是從不同的觀點對櫻川九郎這個人物的特殊性進行評價：

「我一開始只覺得他是個個性呆滯的平凡人，但實際交談後我就感受到了，我絕對贏不過那個人。雖然他感覺並沒有學過什麼武術，但我總有一種自己的力量對他完全派不上用場的感覺。」

小鳥雖然無法明白那樣的感覺，不過既然在多種武術方面擁有段位的學會這麼說，就表示九郎即使遇上有人對岩永施行激烈報復或暴力行為也有能力做出對應吧。

學接著總算把嚇散的魂魄找了回來似地深深嘆一口氣。

「這世上原來還有這麼恐怖的人物啊。」

「哎呀，畢竟是那個岩永同學的男朋友嘛。」

高中時即使大家都在同一間社團教室中，岩永總是和其他人待在不同的角落。在教室中她也總是自己一個人。

她一直以來都是這樣在自己和他人之間劃清界線。然而如今卻有個男性能夠待在她的身邊，這點讓人不禁感受到這個世界的恐怖之處，同時也讓人佩服這個世界的巧妙之處。

只不過小鳥在聽完九郎的話之後，覺得唯有一點必須糾正才行。

「高中時，岩永同學總是與我們保持最低限度的交流，不讓我們接觸到她的私生活，搞不好就是為了避免她那樣的公正態度傷害到我們吧？這是不是表示她對於自己對周圍人的影響還是多多少少有所自覺呢？」

九郎雖然很篤定地說岩永缺乏自覺，但或許並不一定是那樣。

相對地，學則是對這點保持懷疑。

「這很難講。搞不好只是因為對她來說有比跟我們交流更需要優先的其他事情而已。」

這理由好像比較有可能。

小鳥雖然不至於覺得岩永對其他人都毫不關心，但真要講起來，她之所以跟人缺乏交流應該只是因為那樣對她來說比較不會麻煩，或是因為她對周圍本來就缺乏興趣等等。

換句話說，岩永應該沒有自覺吧。

學接著用手搓了搓頸部，彷彿附在身上的惡靈總算消散似地說道：

「岩永琴子是個讓人無法理解的存在。或許想要知道她對音無家做了什麼的念頭本身就是個錯誤。」

雖然這感覺是終究回到了從高中時代就應該已經明白的真理，不過既然學的內心可以接受這個結論，小鳥也稍微感到安心了。

後來小鳥與學用完餐點準備結帳離開的時候，店長卻告訴了他們「九郎同學已經幫兩位結完帳囉。他說是為了補償自己沒能幫上兩位的忙。」這樣一件事。小鳥與學頓時面面相覷，異口同聲地表示「這麼好的人給那個岩永同學簡直太浪費了」。

小鳥接著在走出店門之前問了一下店長：

「請問岩永同學和櫻川先生關係良好吧？」

結果店長很有自信地回答：

「是啊，他們其實是很登對的情侶呢。只不過岩永同學總是會向九郎同學抱怨對她的愛不夠，而九郎同學也總是不會直接對岩永同學說溫柔的話，所以有時候如果只聽那兩人之間的對話會覺得他們感情很差就是了。」

或許即使是那個九郎在岩永面前也無法表現得坦率吧。學也有這樣的部分。也許這是日本男人共通的毛病。

店長帶著苦笑補充說道：

「不過聽說九郎同學之前即使不甘不願但還是陪岩永同學去了她一直想參觀看看的

祕寶館，已經算表現得很好了。」

學不知為何變得表情僵硬，把手指放到太陽穴上。

「那傢伙怎麼會帶男友到那種地方去啦。」

「那個祕寶館是位在那麼難去的地方嗎？」

小鳥並不清楚那個館究竟是在什麼樣的地方，不過從這兩人的態度看起來，或許是去起來相當麻煩的地點，或是對男性而言很難踏入的場所吧。

對於小鳥的疑問，學含糊回應：

「問題不是在地點，應該說是裡面展示的東西吧。小鳥不用知道沒關係。」

小鳥雖然聽不太懂，但感覺應該是別要求學帶她去會比較好的場所。

店長送兩人離開的同時也繼續說道：

「我總覺得岩永同學不知該說是對於九郎同學的愛很遲鈍，或是太過貪婪而要求過剩了。不過哎呀，能夠表現任性或許也就表示對於另一半卸下心防的意思吧。」

親切的店長姑且不忘如此為岩永護航，但最後又補充了一句：

「不過我也經常忍不住覺得，九郎同學的前任女友或許比較適合他就是了。」

這話要是讓岩永聽到應該會抓狂吧。但小鳥內心也不禁對店長這句話感到同意。那個人如果是和岩永以外的人交往，應該可以過得更幸福，生活更平穩吧。或者說他應該要那樣才對的。

比起高中時代幾乎三年都在同一個社團的夥伴反而更偏袒才初次見面的那個男朋

友，這樣的想法或許會被批評是忘恩負義，但小鳥也覺得這應該是很公正的判斷才對。

小鳥事後對於這點詢問學的意見時，學同樣表示：

「我也有同感。」

從那之後，小鳥都沒有再聽說岩永的名字，也沒有再見到面了。頂多只是偶爾會回想起她高中時代嬌小而銳利的身影而已。

逆思流

虛構推理 Sleeping Murder

（原名：虛構推理 スリーピング・マーダー）

作者／城平京　封面插圖／片瀨茶柴　譯者／陳梵帆
執行長／陳君平　榮譽發行人／黃鎮隆
協理／洪琇菁　國際版權／黃令歡
執行編輯／呂尚燁　美術主編／李政儀
企劃宣傳／陳品萱
發行／英屬蓋曼群島商家庭傳媒股份有限公司城邦分公司　尖端出版
台北市中山區民生東路二段一四一號十樓
電話：（〇二）二五〇〇—七六〇〇（代表號）
傳真：（〇二）二五〇〇—一九七九
中彰投以北經銷（含宜花東）／楨彥有限公司
電話：（〇二）八九一九—三三六九
傳真：（〇二）八九一四—五五二四
雲嘉經銷／威信圖書有限公司　嘉義公司
電話：（〇五）二三三—三八五二
傳真：（〇五）二三三—三八六三
客服專線：〇八〇〇—〇二八—〇二八
南部經銷／威信圖書有限公司　高雄公司
電話：（〇七）三七三—〇〇七九
傳真：（〇七）三七三—〇〇八七
香港總經銷／城邦（香港）出版集團有限公司
香港灣仔駱克道193號東超商業中心1樓
電話：（八五二）二五〇八—六二三一
傳真：（八五二）二五七八—九三三七
E-mail：hkcite@biznetvigator.com
馬新經銷／城邦（馬新）出版集團　Cite(M)Sdn.Bhd.
E-mail：Cite@cite.com.my
法律顧問／王子文律師　元禾法律事務所
台北市羅斯福路三段三十七號十五樓
二〇二〇年五月一版一刷
二〇二三年六月一版三刷

■中文版■

郵購注意事項：
1. 填妥劃撥單資料：帳號：50003021戶名：英屬蓋曼群島商家庭傳媒（股）公司城邦分公司。2. 通信欄內註明訂購書名與冊數。3. 劃撥金額低於500元，請加附掛號郵資50元。如劃撥日起 10～14日，仍未收到書時，請洽劃撥組。劃撥專線TEL：(03) 312-4212 ・ FAX：(03) 322-4621。E-mail：marketing@spp.com.tw

國家圖書館出版品預行編目資料

虛構推理Sleeping Murder /
城平京 著 ; 陳梵帆譯 . --初版.
--臺北市：尖端出版, 2020.05
面 ; 公分.--(逆思流)
譯自: **虛構推理スリーピング・マーダー**
ISBN 978-957-10-8870-9(平裝)

861.57 109003198